古典詩歌研究彙刊

第十七輯

龔鵬程 主編

第 7 冊

宋詞論析（下）

房 日 晰 著

國家圖書館出版品預行編目資料

宋詞論析（下）／房日晰 著 — 初版 — 新北市：花木蘭文化
出版社，2015〔民 104〕
目 2+164 面；17×24 公分
（古典詩歌研究彙刊 第十七輯；第 7 冊）
ISBN 978-986-404-075-9（精裝）
1. 宋詞 2. 詞論
820.91　　　　　　　　　　　　　　103027250

ISBN-978-986-404-075-9

9 789864 040759

古典詩歌研究彙刊
第十七輯 第 七 冊　　　　　ISBN：978-986-404-075-9

宋詞論析（下）

作　　者　房日晰
主　　編　龔鵬程
總 編 輯　杜潔祥
副總編輯　楊嘉樂
編　　輯　許郁翎
出　　版　花木蘭文化出版社
社　　長　高小娟
聯絡地址　235 新北市中和區中安街七二號十三樓
　　　　　電話：02-2923-1455／傳眞：02-2923-1452
網　　址　http://www.huamulan.tw 信箱 hml810518@gmail.com
印　　刷　普羅文化出版廣告事業
初　　版　2015 年 3 月
定　　價　第十七輯 14 冊（精裝）台幣 22,000 元

宋詞論析（下）

房日晰　著

目

次

上 冊

辛棄疾的白話詞

一

辛棄疾《玉樓春》「三三兩兩誰家婦」，《古今詞統》眉批云：「竟是白話！」評者對辛棄疾寫的這首白話詞，是頗爲驚異的。言外之意，是說詞人用白話竟寫出如此好的詞。因爲宋詞是頗爲雅致的，一般是用淺近工致的文言書寫的，而用純粹的白話寫詞，則是比較少見的。因之，當讀這首詞時，評者不免產生驚異之感。其實，辛棄疾的白話詞是不少的。據我的統計，辛棄疾的白話詞有二百八十二首之多，占其全部詞作的五分之二，這在詞史上是罕見的。儘管從北宋到南宋，不乏寫過一二首白話詞的人，還有些寫的數量較多的詞人，如柳永、秦觀、黃庭堅、李清照、向滈、曹組、朱敦儒等，都寫了許多優秀的白話詞，然像辛棄疾白話詞寫得這麼多又這麼好的，卻是沒有的。這是詞史上一個特異的現象，是值得我們大書特書的。令人奇怪的是，這種特異現象並未引起當今學者的重視，而對辛詞典故迭出、經史並陳的所謂「掉書袋」，從南宋的劉克莊到今之某些詞學家，卻是念念不忘的。固然，辛棄疾詞是喜用並擅長用典故的，說他有些詞「掉書袋」也完全符合實際。然辛之詞用過多的典故或較僻典故的詞，充其量也不過二三十首罷了。因此，從辛

詞的創作實際或研究實際來看，辛棄疾的白話詞，是值得我們特別重視的。

「五四」時期，胡適先生提倡白話文，文學史上的白話文受到了特別的重視，當時對白話小說大量翻印，白話詩詞也受到了應有的重視，稍後就有《白話詞選》問世。辛棄疾的白話詞，受到了一些學人的特別關注。胡適先生的《國語文學史》，胡雲翼先生的《宋詞研究》、《詞學概論》、《中國詞史略》，即設專章或專節論析。《詞學概論》第六章《南宋的白話詞》，是以辛棄疾的詞爲研究核心的，並被認爲是與南宋的樂府詞人形成對立的詞派。其中提到辛棄疾的《鷓鴣天》「壯歲旌旗擁萬夫」、《西江月・示兒曹以家事付之》等六首詞；《中國詞史略》第四章第二節《南宋的白話詞》與第三節《南宋的樂府詞》，是把以辛棄疾爲首的白話詞人和以姜夔爲首的樂府詞人，作爲兩個對立的詞派論述的。其中提到辛棄疾的《鷓鴣天》「壯歲旌旗擁萬夫」、《破陣子・爲陳同甫賦壯詞以寄之》等十五首，除與《詞學概論》提到的三首重見外，尚有十二首。這十二首詞，以我看來，《破陣子・爲陳同甫賦壯詞以寄之》、《永遇樂・京口北固亭懷古》、《賀新郎・別茂嘉十二弟》等三首是用文言文寫的，不能算白話詞，其餘九首則是白話詞。胡雲翼先生以白話詞作爲詞派的提法是頗爲新異的，對研究宋詞仍有些啓示。胡適的《國語文學史》以白話詞派與古典詞派對立之說，也有一定的道理。詞作爲語言藝術，其用白話或文言，是頗爲重要的。因此，辛棄疾的白話詞，是值得我們研究和探討的。

二

辛棄疾的白話詞，以題材言，還是相當廣泛的，它涉及了生活的各個方面。要而言之，有以下幾類：

第一，他以農村生活爲題材，寫出了當時生動眞實的農村圖畫。譬如《清平樂・博山道中即事》：

茅簷低小，溪上青青草。醉裏吳音相媚好，白髮誰家

翁媼。　　大兒鋤豆溪東，中兒正織雞籠，最是小兒無賴，

溪頭臥剝蓮蓬。

這是詞人精心選擇的一個鏡頭：溪旁有一座矮小的茅屋，院子裏是鬱鬱叢生的青草，白髮老人用軟媚的吳音在那兒嘰裏咕嚕的說話，幾個兒子都在忙碌的幹活。那個最小的孩子特別活潑、調皮，躺在那裏剝蓮蓬。這首詞的語言幾乎都是原生態的口語，然而又是那麼準確、恰切，富於表現力。對這一生活鏡頭的描寫，詩人用了白描的手法，表現的生活是外在的、浮面的，然而又是那麼生動、逼真，情趣盎然。描寫農村這種常見的現象，在詞史上卻是罕見的，甚至是僅有的。因而頗為新鮮，也是非常典型的。

　　辛棄疾以農村生活為題材的詞作，有《鵲橋仙・乙酉山行書所見》、《西江月・夜行黃沙道中》、《清平樂・博山道中即事》、《西江月》「明月別枝驚鵲」、《鷓鴣天》「陌上柔桑破嫩芽」等，在這些詞裏，沒有用文言詞匯，沒有用典，沒有用文言文法，而是純粹的白話語的白描，是典型的白話詞。這些詞，語言樸實、生動、鮮活，洋溢著生活的情趣，構成詩意盎然的農村圖畫。龍榆生先生在談到《西江月》「明月別枝驚鵲」、《鷓鴣天》「陌上柔桑破嫩芽」時說：「這兩首詞幾乎全是一般農民都能領會到的情景和語言，他卻把它提煉到異常純熟的地步，差不多每個詞都『敲打得響』（張炎《詞源・論字面》）。這是辛詞的別調，也可以說是『本色』，是值得人們學習的。」〔註 1〕這段評語是十分恰當的。歷代文人，不乏寫農村的詩篇或詞作，他們把農村視為世外桃源，是他們逃避現實的樂園，辛棄疾則用生動的白話文，寫出了農村的真實景象，流露出他對農村的欣賞和喜愛，這是值得肯定的。

　　第二，寫人與人之間的交往，送往迎來，念舊懷人，表現朋友之間的真摯感情。如《江神子・送元濟之歸豫章》：

亂雲擾擾水濺濺，笑溪山，幾時閒？更覺桃源，人去

〔註 1〕　龍榆生：《龍榆生詞學論文集》，第 372 頁，上海古籍出版社，1997。

隔仙凡。萬壑千巖樓外雪，瓊作樹，玉爲欄。　　倦遊回
首且加餐，短篷寒，畫圖間。見說嬌顰，擁髻待君看。二
月東湖湖上路，官柳嫩，野梅殘。

此詞上片寫送別之景，表現了詞人對紛擾塵世的厭惡情緒，對仙家清
靜生活的嚮往；下篇抒情，先寫殷勤送別，次擬朋友歸程，再寫元濟
之歸後情景：嬌妻美妾擁髻以待，準備傾訴衷腸。營造了一個十分溫
馨的環境，雖多係虛擬，然自在情理之中。此詞情調閑逸，富有詩情
畫意。

　　餘如《漁家傲·湖州幕官作舫室》、《定風波·席上送范先之遊建
康》等，在這些詞裏，表現了詞人對友人戀戀不捨的眞摯友情，並流
露出一種退隱的情緒。

　　第三，寫人世滄桑或人生感慨的，表現出一種悟透人生的深沉
感情。如《醜奴兒》：

少年不識愁滋味，愛上層樓。愛上層樓，爲賦新詞強
說愁。　　而今識盡愁滋味，欲說還休。欲說還休，卻道
「天涼好個秋」。

此詞通過詞人今昔不同感受的強烈對比，寫了詞人由不諳世情到歷
經滄桑感情的深刻變化，其坎坷不平的生活經歷與跌宕起伏的心路
歷程自在不言中。無限感慨，感情深沉。《醜奴兒》「近來愁似天來
大」、《卜算子》「欲行且起行」、《臨江仙·壬戌歲生日書懷》、《菩薩
蠻》「稼軒日向兒曹說」等，都用純粹的白話文寫成，表現了詩人政
治道路坎坷、歷盡滄桑的苦難歷程。

　　第四，寫婦女生活或艷情的，這類詞頗多，筆法老練，也極有情
趣。如《鵲橋仙·送粉卿行》：

轎兒排了，擔兒裝了，杜宇一聲催起。從今一步一回
頭，怎睚得，一千餘里。　　舊時行處，舊時歌處，空有
燕泥香墜。莫嫌白髮不思量，也須有，思量去裏。

此爲遣歸侍女粉卿之作，表現了他對侍女的深厚感情。先寫贈品之
多，說明對侍女感情之深厚；次寫粉卿無限留戀之情，無限依戀，不

忍離去。下闋寫人去樓空，對粉卿離去的惆悵與不忍。全詞以口語寫成，在輕鬆的情調中蘊含著質樸而深厚的感情。餘如《最高樓‧用韻答趙晉臣敷文》、《尋芳草‧調陳辛叟憶內》、《武陵春》「走來走去三百里」、《戀綉衾‧無題》、《南歌子》「萬萬千千恨」、《眼兒媚‧妓》、《南鄉子‧贈妓》、《滿江紅》「敲碎離愁」，這些關涉婦女的詞，或打趣友人，或自抒感情，都寫得「低徊婉轉，一往情深，非秦柳所能及」〔註2〕。

　　總之，辛棄疾的白話詞，題材是相當廣泛的，它涉及現實生活的各個方面，內容也是頗為深刻的，而在藝術表現上，幾乎全用了白描，貼近生活，貼近現實，使詞生動活潑而富於情趣。

三

　　所謂白話詞，僅只就詞的語言表達說的。質言之，典型的白話詞是用純正的白話書面語寫成的，而且在很大程度上都用了白描手法，不用或很少用修飾。因此，語言風格樸素雅潔，是「清水出芙蓉，天然去雕飾」。辛棄疾的白話詞，善用白話寫日常生活，表現是真切的，虎虎有生氣的。直到現在，我們讀起來仍感到是那麼親切，那麼富於情韻，那麼有味，這是「我手寫我口」的藝術結晶。他是用了通行的或規範化的白話，這些詞的語言，可以說是完全生活化的，是活潑潑的洋溢著生活情趣的，是詩意盎然的。仔細研讀辛棄疾的白話詞，我們十分驚異地發現他的許多詞的語言，和現在通行的書面語言，幾乎都是一模一樣的。這與一些文學史家所說的他的詞「掉書袋」是毫不相干的。純粹的白話詞與某些所謂「掉書袋」的詞，在辛棄疾詞集中都是存在的，也是並行不悖的。然辛詞弊病「掉書袋」之說很有市場。究其原因，這些所謂「掉書袋」之作，幾乎都是他的代表作，影響深遠，歷來操選政者，幾乎都將這些詞選在各種《詞選》中，一般讀者，只讀選集，就熟悉這幾首，因此

〔註2〕　朱德才等：《辛棄疾詞新釋輯評》，第179頁，中國書店，2006。

對此說深信不疑；一些研究者，對辛詞未作深入全面的考察，輕信前人的說法，並加以宣揚，因此這個不太符合辛詞實際的結論，影響了千千萬萬個讀者。它已根深蒂固了，是不易推翻的。而他寫得很好的白話詞，今天則很少有人論及。這種情況是亟待改變的。

其次，辛棄疾的白話詞，大部分都是短詞，即小令或中調。從某種意義上說，這是他全部詞作中很精粹的一部分。胡適先生說：「他的小令最多絕妙之作；言情，寫景，述懷，表意，無不佳妙。辛詞的精彩，辛詞的永久價值，都在這裏。」〔註3〕這段評語是極為精闢的。如果我們論辛詞，不是過分看重文學的功利表現，或者說在重視辛詞思想性的同時，也重視辛詞的藝術個性與成就，重視辛詞對題材的擴展，重視詞的意境的描寫，重視詞的語言表達的方式，那麼，胡適先生的這段評語是很值得我們深思的，因為它的確搔到了辛詞的癢處。辛棄疾的白話詞，在數量與質量方面在詞史上都是領先的、可謂空前絕後的。有些白話詞純以口語寫成，寫出了角色的聲吻，意旨雖不深，但別有趣味。以表現的生動活潑說，都有自己的優長。

第三，以藝術風格而言，有些詞通俗似曲，或者可以說，它具備了曲的某些特點，如幽默、詼諧、筆調輕鬆活潑、雅俗並陳等。《南鄉子‧贈妓》、《鵲橋仙‧送粉卿行》、《菩薩蠻》「稼軒日向兒曹說」、《唐多令》「淑景鬥清明」、《最高樓‧吾擬棄歸犬子以田產未置止我賦以罵之》、《最高樓‧客有敗棋者代賦梅》等，這些詞，讀起來似有曲的味道。如《南鄉子‧贈妓》云：

> 好箇主人家，不問因由便去嗏。病得那人妝晃子，巴
> 巴、繫上裙兒穩也哪。　　別淚沒些些。海誓山盟總是賒。
> 今日新歡須記去，孩兒，更過十年也似他。

此詞用了較多的南宋時的方言俗語，如「嗏」、「妝晃」、「巴巴」、「穩」、「些些」、「賒」、「孩兒」，其他詞語也多取自日常生活中的語言，因

〔註3〕　胡適：《胡適選唐宋詞三百首》，第189頁，東方出版社，1995。

而形成了通俗易懂、新鮮活潑、貼近生活原生態的語言風格。這類詞突破了文人詞追求藝術典雅的傳統，開創了新穎、鮮活的語言風格的先河。

四

　　詞本來就是曲子詞的簡稱，是深受市民喜愛的能歌唱的文學。詞人為了適應這種歌唱的需要，語言盡可能通俗、貼近生活，以便吸引更多的聽眾。受這種傳統影響，北宋詞大部分語言是通俗的，或竟用白話文。南渡詞人李清照、朱敦儒、向滈等人的詞，語言通俗，尤善白描。辛棄疾是北方人，又深受李清照、朱敦儒等人詞風的影響，他有《醜奴兒近·博山道中效李易安體》、《念奴嬌·賦雨巖效朱希真體》，就是學習和接受朱、李詞風影響的明證。李清照詞善於將常用語言，隨手拈來，度入音律，皆成清新的意境，朱敦儒詞語言婉麗曉暢，均為辛棄疾所師法。

　　南宋以姜夔、吳文英為代表的格律派詞人，創作趨雅，語言仍用淺近的文言文；而以辛棄疾為代表的豪放派詞人，如陸游、劉過、劉克莊等，都寫過一些白話詞。胡雲翼將其稱之為白話詞派。受辛棄疾的影響，蔣捷也寫過一些白話詞。儘管白話詞的傳承與發展，源遠流長，但認真翻檢，還是不難說清楚的。這種白話詞又大體分為兩類：一種用純粹的白話書面語言寫成；另一種則深受民間口頭文學的影響，多用方言土語，語言更接近原生態，並吸收了民間文學那種幽默詼諧、手法多樣、感情豐富的優長，這一派的某些詞有點像後來的曲，或有曲的情味。有些論者將其稱為曲之濫觴，不是沒有道理的。

論辛棄疾詞的細節描寫

一

　　在敘事性的作品中，有許多生動的細節描寫，增強了作品的真實性與感染力，有力地吸引著讀者的眼球；同樣，在抒情性的作品中，也有因善於細節描寫，使作品大爲生色的。其精彩之處，頗能令人拍案叫絕。杜甫《北征》中，描寫妻子嬌兒的細節，就是如此。然對詞這種格律固定、篇幅有限、頗有藝術個性的詩體來說，它重在抒情，偶爾寫景，也是借景抒情，或借用簡單的敘事抒情，而很少有細節描寫的。細節描寫在詞中比較罕見，是爲其特有的體格所決定的。然對天才的詞人來說，是不受定格局限的，創作通則之類的規定性，是縛不住他們創造手腳的。他敢於打破常例，打通規範，以縱橫姿肆之態勢，任情揮灑筆墨。故在有些詞中，不但用了細節描寫，而且寫得格外奇妙生色，令人掩卷讚嘆不已。辛棄疾就是這類詞人的代表。在他的詞裏，細節描寫之多而精彩，都是空前的。這在歷代眾多詞家中，是頗具典型意義的。

二

　　辛棄疾一生，寫了許多通俗的詞，反映了我國古代、特別是南宋

時期的某些風情民俗。這些通俗的詞，其生活化和趣味化的描寫是頗為典型的。而他在對風情民俗的抒寫中，有一些特別生動的細節描寫，使詞變得趣味盎然，格外生動傳神，時顯勃勃生機。如果沒有這些細節的成功描寫，詞就可能變得乾癟、枯燥、乏味、無趣，成為令人無法卒讀的文化垃圾。譬如，他寫過許多壽詞，在一些應俗的壽詞中，就成功地運用了細節描寫，使其純屬酬應、乏味無聊的東西，有了生氣，有了藝術活力，洋溢著生活樂趣，成為歷史民俗的非常精彩而生動的畫卷，放射著異常艷麗的光彩。

譬如《感皇恩‧為嬸母王氏慶七十》：

> 七十古來稀，未為稀有。須是榮華更長久。滿床靴笏，羅列兒孫新婦，精神渾是箇西王母。　　遙想畫堂，兩行紅袖，妙舞清歌擁前後。大男小女，逐個出來為壽，一箇一百歲，一杯酒。

這是屬於無謂的酬應之詞，沒有多大的思想意義，不是詞中的「芝菌」、「蕙蘭」，但也絕不是「荊榛蔽芾」，它寫了普通人家的祝壽場面，寫出了極為歡樂的祝壽氣氛，反映了當時重視壽誕的風情世俗。結尾「大男小女，逐個出來為壽，一箇一百歲，一杯酒」。這本來是在祝壽中是司空見慣的，然卻是一個普通的具有典型意義的細節：它既顯示出這位老太太兒孫眾多、人丁旺盛，極有福氣，而且眾口一詞、諛頌之聲盈耳，將祝壽的熱鬧場景與氛圍，活靈活現的展示出來。何況，作者描寫的這個場景，本身就是一幅很美的風俗畫，兒孫濟濟一堂，個個喜笑顏開，其樂融融。從這個畫面中可以看出：大家既是對老壽星長壽的企盼，也顯示了尊老娛老的濃鬱感情。這個富於時代特徵的畫面，令人非常清晰地看到南宋時代普通人家生活的一角。

又如：《品令‧族姑慶八十來索俳句》：

> 更休說便是箇，住世觀音菩薩。甚今年、容貌八十歲，纔十八。　　莫獻壽星香燭，莫讓靈龜椿鶴。只消得，把筆輕輕去，十字上，添上撇。

此詞上闋的「甚今年容貌八十歲，纔十八」，言其體健年輕；下闋「把筆輕輕去，十字上，添上撇」，於是「八十歲」變成「八千歲」，這一年齡上的天文數字，簡直是理想中的長生不老的神仙。可謂「福如東海水長流，壽比南山不老松」。從這個細節中，可見詞人寫詞思路活泛，用筆巧點，情調輕鬆幽默，讀後不自覺地莞爾一笑。它是對族姑「索俳句」的完滿回報。這首詞之所以輕鬆耐讀，富於情趣，完全得力於兩個細節的真實描寫，由此產生了很好的喜劇效果。《朝中措‧為人壽》：「焚香度日盡從容，笑語調兒童：一歲一杯為壽，從今更數千鍾」。也是以千歲為期的生動細節。寫農村普通人家日常生活的《清平樂‧村居》：「最喜小兒亡賴，溪頭臥剝蓮蓬」，也是成功的令人讚賞不絕的細節描寫。吳則虞謂：「畫出了小兒幼稚之象，天真可掬，可作畫圖看也。」〔註 1〕「可作畫圖看也」的，豈止這一首詞。上列諸詞，都可作如是觀。而細節的真實描寫，使其圖畫更為生動和醒目。

三

生動傳神的細節描寫，能夠表現詞人最真實的感情，寫出主人公深情忘情的原生態，極大地縮小詞人與讀者的感情距離，增強詞的藝術感染力。這種細節的描寫，在辛詞中是極多的，可謂俯拾即是，屢見不鮮的。

《鷓鴣天‧代人賦》云：「情知已被山遮斷，頻倚欄干不自由。」她明知她的戀人早被遠處的青山遮住，根本看不見了，卻仍然不由自主地頻頻地倚欄而望。這種理智不能控制感情的細節描寫，生動地表現出她在斯時斯地的癡情與忘情的情景。這是生活中常見的最真實、最富表現力的一個細節，寫出了女子癡絕的情態，的是「神餘言外」之筆。又如「愁邊剩有相思句，搖斷吟鞭碧玉稍」。(《鷓鴣天‧東陽道中》)你看他不停地揮著長鞭，搖頭晃腦的，只是重複地

〔註 1〕 吳則虞：《辛棄疾詞選集》，第 250 頁。上海古籍出版社，1993。

吟詠著:「思念啊,思念啊」的詩句,連鞭稍上的碧玉掉了,也不知道。這生動地表現了他情專情癡時的神態,並將其揚鞭吟詩的神情寫得惟妙惟肖。

細節描寫,貴在真實生動,妙語傳神。辛詞細節描寫之妙,正在阿堵中。

四

多樣化是辛棄疾詞中細節描寫的又一特點。

細節是現實生活的再現。現實生活是無比豐富的,這就決定了來自現實生活的細節是豐富多彩的,可以說其礦藏的儲存是掘之不盡、探之難完的。詩人沐浴於豐富多彩的生活之中,自然能夠發掘生活中的細節,用於自己的作品,就會珍珠裸露,熠熠發光。辛棄疾由於受到和議派的排擠壓制,被迫離開官場,長期賦閑。對人情世故、社會情態之諳熟,非一般詞人可比。「文窮而後工」,長時間的無官閑處,使他有機會熟悉社會下層,遂能發現並抓住生活礦藏中最生動的細節,加以挖掘和描寫,這就使其詞中產生了多式多樣的細節。我們將其詞中描寫的大量細節做個大致地類分,則有寫實、用典、假設等不同類型。

(一)寫實的生活細節

詞人發現了生活中某些細節,加以提煉和融鑄,成為詞中的細節,這種細節描寫,在辛詞中用得最為普遍而典型,它表現生活最真實,最為生動傳神,例如:

> 把吳鈎看了,欄干拍徧,無人會,登臨意。(《水龍吟·
> 登建康賞心亭》)

聳立於我們面前的是一位偉大的愛國志士:他一邊看著鋒利的吳鈎,一邊不停地拍著欄干。這一細節,將其壯懷激烈、雄心不已、志欲報國而無人理解、無人支持的悲憤心情,表露無遺。通過這個細節,表現了他在議和派的高壓下壯志難酬的苦悶,反映了他以國事為重崇高

而豐富的精神世界。

又如：

> 醉裏挑燈看劍，夢回吹角連營。(《破陣子‧為陳同甫賦壯
> 詞以寄》)

「挑燈看劍」這一個細節，活脫脫地表現了他急於報國、恢復祖國山河的壯志。你看：我們面前的這位壯士，因其報國的壯志未遂，心情苦悶到了極點，於是喝酒解悶，以致喝得醉醺醺地，遂從劍鞘中抽出寶劍，執之於手，凝視著它。似乎還在喃喃地訴說：劍啊！劍啊！何時才能用你效命疆場，殺敵立功。看著，看著，癡癡地看著，看的時間長了，連燈都暗了，他又挑了挑燈芯，繼續看著。將這位壯士手執寶劍、不停地摸索、看之不已的動人情景突現出來，充分地表現了他心中鬱勃不平、壯懷難已之情。

餘如：

> 目斷秋霄落雁，醉裏時響空弦！(《木蘭花慢‧滁州送范
> 倅》)

> 醉裏重揩西望眼，惟有孤鴻明滅。(《念奴嬌‧瓢泉酒酣，
> 和東坡韻》)

他為什麼獃獃地凝望北方直到雁群消失在遙遠的碧空？他為什麼重揩朦朧的醉眼，張望那天邊時隱時現的孤鴻？為什麼醉中時時張弓拉弦？這一切的一切，表明他立志報國，效命疆場的心情太急切了。通過這一個個富於特徵的細節描寫，將他滿腔愛國熱情遭到打擊冷遇的悲憤展現出來，反映出他胸懷正義無法訴求的複雜的內心世界。意蘊是無比豐富的，表達是十分含蓄的。

（二）用典中的細節

辛詞用了許多典故，有的事典，本身就是一個生動有趣的故事，甚至還包含了若干生動的細節。典故中的細節，移到詞中，恰切而巧妙地表現了個人一時的真感情。

> 射虎山橫一騎，裂石響驚弦。(《八聲甘州‧夜讀李廣傳》)

據《史記‧李將軍列傳》載：李廣任右北平太守時，一次出獵，誤將草中巨石當成老虎，引弓發箭猛射，箭中巨石，連箭羽都沒入石中去了。李白詩讚：「沒入石棱中」。「裂石響驚弦」，寫出了李廣的勇猛、武藝非凡、超群。辛棄疾對其一生不得志深表同情。李廣的英雄而不得志與詞人胸懷報國大志而不得志的遭遇非常相似，故此處不僅有惺惺相惜之意，且對自己不得已長期賦閑生活，有著極深的感慨。

又如：

> 山草舊曾呼遠志，故人今又寄當歸。（《瑞鷓鴣‧京口病中起登連滄觀偶成》）

詞寫由朋友寄來中草藥「當歸」這個細節，引起了他對自己出處不當的自嘲。「當歸」典出《太史慈傳》：「太史慈字子義，東萊黃人也。……（孫策）以慈為建昌都尉……曹公聞其名，遺慈書，以篋封之，發省無所道，而但貯當歸。」〔註2〕蘇軾《寄劉孝叔》詩用其意：「故人屢寄山中信，只有當歸無別語。」〔註3〕前者見《世說新語‧排調》：「謝公始有東山之志，後嚴命屢臻，勢不獲已，始就桓公司馬。於時人有餉桓公藥草，中有『遠志』。公取以問謝：『此藥又名小草，何以物而有二稱？』謝未即答。時郝隆在坐，應聲答曰：『此甚易解，處則為遠志，出則為小草』，謝甚有愧色。」〔註4〕按當時韓侂冑當權，為了鞏固地位決定對金用兵，而對辛棄疾的起用，只是他提高自己威望的一塊招牌而已。當辛棄疾赴任積極備戰時，卻遭到韓侂冑的阻撓與破壞，使辛事事掣肘，抗金之壯志難展。加上患病，處於矛盾痛苦之中，遂有回歸田園之想。詞人用典，含蓄地表明自己本不願出山，而出山果然成為一錢不值的山草、渺不足觀。適逢朋友寄來當歸，更加深了自己回歸田園的願望。可見，「寄當歸」這一細節，蘊含了豐富複雜的感情波瀾。

〔註2〕 陳壽：《三國志‧吳書》，第1186-1190頁，中華書局，1959。

〔註3〕 蘇軾：《東坡詩》，第282頁，岳麓書社，1992。

〔註4〕 余嘉錫：《世說新語箋疏》，第803-804頁，岳麓書社，1992。

餘如「汗血鹽車無人顧，千里空收駿骨」。(《賀新郎‧同父見和，再用韻答》)「可惜流年，憂愁風雨，樹猶如此！」(《水龍吟‧登建康賞心亭》)「樓觀才成人已去，旌旗未捲頭先白。」(《滿江紅‧江行，簡楊濟翁、周顯先》)「空收駿骨」、「樹猶如此」、「頭先白」，這些用典的細節，或對統治者不重用人才的悲憤，或因歲月蹉跎、功名未建的哀嘆，都蘊蓄了豐富的情感，有著感人的藝術力量。

（三）假設性的細節

詞中寫的細節，生活中並沒有發生，是詞人假設而已，但同樣生動傳神，寓意深廣。

> 因甚無個阿鵲地，沒工夫說裏。(《謁金門‧和陳提干》)

這是詞人與陳提干打趣，有很強的幽默感。阿鵲地，是形容打噴嚏的聲態，借一說打噴嚏。俗謂有人異地或背後罵他、念叨他、數落他，就會打噴嚏，或爲心電感應所致。這裏是對陳提干打趣，是說你爲什麼沒打噴嚏呢？是因爲異地親人沒功夫罵你。實際是說：是你自作多情罷了，人家心裏根本就沒有裝著你，沒有心思想念你，幽他一默罷了。所寫這一切都屬假設，不是事實。然卻把陳提干坐立不寧、思念親人的急切感情，生動地表現出來了。寫得風趣而又幽默。這雖則是一個假設性的細節，卻揭示了陳提干複雜的心理活動與思念親人的深厚感情。同時也表現了詞人善解人意，善開玩笑的良善心腸。

> 卻將萬字平戎策，換得東家種樹書。(《鷓鴣天‧有客慨然談功名，因追念少年時事，戲作》)

將萬字平戎策去換種樹書，只是一種假設，一種比喻。意謂當年爲了恢復祖國山河，曾奏進《美芹十論》等論抗金的著作，而今卻賦閑種樹養魚，這是歷史的悲劇。作者通過胸懷抗金韜略與壯志和沉淪隱身的平庸時日之間巨大的反差與對比，達到慨慨悲歌、淒涼感人的藝術效果。

> 安得車輪四角，不堪帶減腰圍。(《木蘭花慢‧席上送張仲

固帥興元》）

前者是假設，希望圓圓的車輪變成方形，不能滾動，阻其行程，不能遠離。這一細節，生動地表現了他不願行人遠去，苦思冥想以致想入非非的境況。後者則謂，如果行人去了，因爲離別相思之苦痛，致使身體消瘦，腰圍變小。這兩句詞，表達了詞人對行人深厚的戀戀不捨之情。

五

細節之於詞，猶如頰上三毫，使人神采飛揚：典故中的細節描寫，能使作品深刻化、本質化，入木三分；成功的細節描寫，能使作品生活化、世俗化、豐富多彩。詞一般是寓情於敘事之中的，細節則是敘事的一個亮點，一個重要環節，能使敘事簡約而生動。辛棄疾詞中細節描寫非常成功，做到了典型化與普泛化，具有典範意義。因此，辛詞創作中成功地使用細節描寫的經驗，是值得我們認眞研究總結的。

也說辛棄疾「以文爲詞」
——從辛詞題序中喜用「賦」字談起

　　辛棄疾「以文爲詞」，是一個老問題了。學術界對此談的較多較透，且沒有多大的分歧，似可不必再費筆墨了。但它在詞中的具體表現與功過，在認識上仍有紛紜。本文試圖從辛詞題序中喜用「賦」字這一側面入手，談談「以文爲詞」的諸多問題，或有助於對問題的深入。

一

　　辛棄疾詞今存 629 首，有題序者計 530 首，而在題序中言及「賦」詞者 94 首，幾占有題序詞的五分之一。

　　詞作爲詩的體式之一，它像古代的抒情詩一樣，是以抒情爲主的。在辛棄疾以前人寫的詞中，偶有敘事與描寫，也是爲強化抒情服務的。散文則以敘事與描寫爲主，但辛詞卻像散文那樣，也往往用了敘事與描寫的手法，間或有議論和說理。也就是說他在詞中用了諸多散文的筆法，增加了許多散文的成份，因此，有著比較嚴重的散文化傾向。辛詞中有集經體、《天問》體、對話體、議論體、曲體等諸多體式，林林總總，構成了辛詞頗爲龐雜的體式體系。其中集經體、《天問》體、對話體、議論體，本來是散文才用的體式，曲體在很大程度

上也有著散文化的趨勢，而辛棄疾在他的詞中卻創造性地運用了散文才慣用的這些體式，使詞有了類似於散文的章法與結構。散文在行文表現上是散化的，它有別於詩的特別嚴整的結構和最為精粹凝練的語言，而辛詞也往往用了這種不大嚴整的結構與相當散化的語言。如此等等，使辛詞也就具有了散文的某些特點。

常言道「賦詩填詞」，這句話相當準確地反映了詩與詞不同的寫作方法。文學上不同的體式，本來就有著不同的寫作方法。所謂「賦」詩，這「賦」就是寫詩的一種方法，即所謂「敷陳其事，而直言之也。」也就是舖敘，在寫景與敘事上，可以展開來寫，不受過奇的拘限。所謂「填詞」，就是「按譜填詞」，強調的是詞的音樂特性，使詞在節奏與圖譜上不能馬虎。詞本來是以抒情為主的，辛棄疾卻用了寫詩的方法填詞——愛舖陳，在詞中多用敘事與描寫，這就顯現出散文的若干特色了。辛棄疾在賦詞時，將其極豐富的感情，寓於敘事與描寫之中，因而有別於普通詞的直抒胸臆。

二

辛棄疾詞題序中含「賦」字的，大致可分為兩類：賦事與賦物。賦事是對某件事加以敷寫；賦物是以寫物為對象，即詠物詞。前者以敘事為主，敘事中夾有描寫；後者是以描寫為主，但也含有敘事。而其敘事與描寫，又往往相互交融，很難截然劃分的。

（一）賦 事

為某件事而賦詞，諸如交遊、遊覽以及日常瑣事、趣事等，在這些活動或事件中，詞人偶有興致，即提筆賦詞，寫出一首首詞采飛揚，通暢無礙的詞來。例如：

> 故將軍飲罷夜歸來，長亭解雕鞍。恨灞陵醉尉，匆匆未識，桃李無言。射虎山橫一騎，裂石響驚弦。落魄封侯事，歲晚田園。　誰向桑麻杜曲，要短衣匹馬，移住南山。看風流慷慨，談笑過殘年。漢開邊、功名萬里，甚當時、健者也曾閑？紗窗外，斜風細雨，一陣輕寒。（《八聲甘

州‧夜讀〈李廣傳〉，不能寐，因念晁楚老、楊民瞻約同居山間，戲
用李廣事，賦以寄之》）

　　吾衰矣，須富貴何時。富貴是危機。暫忘設醴抽身去，
未曾得米棄官歸。穆先生，陶縣令，是吾師。　　待葺箇、
園兒名「佚老」，更作箇、亭兒名「亦好」。閒飲酒，醉吟
詩。千年田換八百主，一人口插幾張匙。便休休，更說甚，
是和非。(《最高樓‧吾擬乞歸，犬子以田產未置止我，賦此罵之》）

前者係閑居帶湖之作。詞人夜讀《李廣傳》，引起很深的感觸，遂
假李廣事以抒慨：上闋敘說了李廣被廢閑居時期的兩件事：止宿灞
陵與射虎穿石事，意在對李廣的不凡與不遇致以感慨與不平。下闋
隱括杜甫《曲江三首》詩意，突起昂奮之調，邀約兩位朋友「移住
南山」，追隨李自強不息地度過晚年。詞中夾敘夾議，借李廣的遭
遇，抒寫自己不得志的鬱懣與不平。後者寫自己不得志而欲隱退，
對此而兒子勸駕，故責罵之，而重點則寫自己隱居後的打算，似乎
他真的想隱居了，實際則是對他當時的處境有著強烈地不滿情緒，
在表面的平靜中深蘊著自己的憤懣與牢騷。詞人用了敘事的筆法，
將事情的原委寫得清清楚楚，而寓深沉的感慨於敘事之中，充分展
現了詞人的塊壘與不平。

（二）賦　物

　　即寫詠物詞。詠物詞必先象物，摹寫物的形態特性等。因此，詞
人多用描寫的手法。如：

　　看黃底、御袍元自貴。看紅底、狀元新得意。如斗大，
笑花癡。漢妃翠被嬌無奈，吳娃粉陣恨誰知。但紛紛，蜂
蝶亂，笑春遲。(《最高樓‧和楊民瞻席上用前韻，賦牡丹》）

　　宮粉厭塗嬌額，濃粧要壓秋花。西真人醉憶仙家，飛
佩丹霞羽化。　　十里芬芳未足，一亭風露先加。杏腮桃
臉費鉛華，終慣秋蟾影下。(《西江月‧和楊民瞻賦丹桂韻》）

這兩首都是詠物詞，前者寫牡丹，後者詠丹桂。在寫作時都主要用了

描寫的手法，細致地描摹其花色、形態等，因此使物像活生生地展現在讀者面前，令人有如親睹實物之妙。

從以上例證可以看出：詞人賦事，是以敘述爲主，敘事中含有描寫；詞人賦物，則以描寫爲主，描寫中含有敘事。辛棄疾的詠物詞與南宋格律派詞人詠物而寄託深微大異其趣，他沒有用深微的比興、精粹的語言，寫出含蓄而朦朧的意境，但絕不是閑得發愁，而是有著自己微妙的情愫，並將其深厚的感情，融注在對物的描寫中。他的詞無論是敘事或描寫，都主要是用了散文的筆法，故其詞感情淋漓，明白曉暢。這是辛棄疾「以文爲詞」的一個最爲突出的特點。

三

運用各種散文的體式塡詞，這是辛棄疾「以文爲詞」的一大特點。如上所述，他用集經體、《天問》體、對話體、議論體塡詞，得心應手，充分地展示了他塡詞的藝術才華。

（一）集經體

詞人塡詞時不是自撰詞句，而是直接借用經書中的詞句，組成一首詞，用以表達自己的感情。如：

> 進退存亡，行藏用舍，小人請學樊須稼。衡門之下可棲遲，日之夕矣牛羊下。　　去衛靈公，遭桓司馬，東西南北之人也。長沮桀溺耦而耕，丘何爲是栖栖者。（《踏莎行・賦稼軒，集經句》）

誠如詞題所示：這是集經句寫的一首詞。通篇是以集經句的方式，抒發了他的歸田學稼之志。所集經句有《詩經》、《易經》、《禮記》、《論語》、《孟子》等經書。此詞雖然句句是集經句，並非自撰，卻句句是詞人的夫子自道，寫得非常自然、順暢、熨帖，毫無牽強之處。誠如吳則虞先生所說：「用古人語道自己志，天衣無縫，無一筆呆滯。集句最易流於小巧，如此做法，爲詞家別闢一畦町」（《辛稼軒詞選集》），

張德瀛也說：「若辛稼軒之用四書詞，氣韻之勝，離貌得神，又非徒以青兕自雄者」(《詞徵》)。他不僅「爲詞家別闢一畦町」，爲詞的創作開闢了新的領域，而且「離貌得神」，創造了高妙的詞的藝術境界。

（二）《天問》體

屈原《天問》篇以提問的方式，表達了自己對宇宙、天體、歷史、自然諸多問題的深思，辛棄疾寫也用了這種提問的方式，表達了自己對現實問題的思考與深沉的感情：

> 可憐今夕月，向何處、去悠悠？是別有人間，那邊纔見，光影東頭？是天外，空汗漫，但長風浩浩送中秋？飛鏡無根誰繫？姮娥不嫁誰留？　謂經海底問無由，恍惚使人愁。怕萬里長鯨，縱橫觸破，玉殿瓊樓。蝦蟆故堪浴水。問云何玉兔解沉浮？若道都齊無恙，云何漸漸如鉤？
>
> (《木蘭花慢‧中秋飲酒將旦，客謂前人詩詞有賦待月，無送月者，因用〈天問〉體賦》)

這是一首十分新穎的賦月詞，在形式上用了《天問》體，一連提出七個問題。想像豐富而奇特，表現活潑而靈動。王國維謂「直悟月輪繞地之理，與科學家密合，可謂神悟。」(《人間詞話》)朱德才謂「它融想像、靈感和豐美瑰麗的描繪於一爐，造出了富有浪漫主義特徵的新境界」(《辛棄疾詞新釋輯評》)，這些評語都恰切到位，毫無溢美之嫌。

（三）對話體

散文與辭賦偶有用對話體者，用對話形式，表現作者的感情意向。辛棄疾也有模擬對話體填詞者。如：

> 水縱橫，山遠近，拄杖占千頃。老眼羞明，水底看山影。試教水動山搖，吾生堪笑，似此箇、青山無定。　一瓢飲，人問「翁愛飛泉，來尋箇中靜；繞屋聲喧，怎做靜中境？」「我眠君且歸休，維摩方丈，待天女，散花時問。」
>
> (《祝英台近‧與客飲瓢泉，客以泉聲喧靜為問。余醉，未及答。或者以「蟬噪林逾靜」代對，意甚美矣。翌日為賦此詞以褒之》)

這首詞用了對話體，富於禪趣。上闋寫山靜水動，山影入水，而水動山搖，則靜中有動，動中見靜，動靜莫辨。下闋意承上闋而有主客問答。客人問得刁：何以動中見靜？主人答得輕巧：請從天女散花這一佛經故事中去領會。隱含著自己已能空而不留，也隱含著對客人於動靜之義尚不能參透的譏刺。回答客人巧用佛典，語妙而意深。

（四）議論體

散文有用議論說理者，辛詞有時也用了這種議論體的散文，表現對某些問題的思考。如：

> 池上主人，人適忘魚，魚適還忘水。洋洋乎，翠藻青萍裏。想魚兮、無便於此。嘗試想，莊周正談兩事：一明豕蝨一羊蟻。說蟻慕於羶，於蟻棄知，又說於羊棄意。甚蝨焚於豕獨忘之，卻驟說於魚爲得計。千古遺文，我不知言，以我非子。　　噫。子固非魚，魚之爲計子焉知。河水深且廣，風濤萬頃堪依。有網罟如雲，鵜鶘成陣，過而留泣計應非。其外海茫茫，下有龍伯，飢時一啖千里。更任公五十犗爲餌，使海上人人厭腥味。似鯤鵬、變化能幾。東遊入海此計，直以命爲嬉。古來謬算狂圖，五鼎烹死，指爲平地。嗟魚欲事遠遊時，請三思、而行可矣。（《哨遍……昌父爲成父作詩，屬余賦詞，余爲賦〈哨遍〉……》）

這是一篇典型的詞論：從本詞的結構看，它具有論文寫作的一般特點，是按提出問題、分析問題、解決問題的步驟布局的。另一特點則是大量使用虛詞，如「乎」、「兮」、「於」、「甚」、「卻」、「之」、「且」、「而」、「更」、「甚」、「嗟」、「矣」等，使其散文化。以議論爲詞與以散文爲詞，是這首詞在藝術上的重要特點，然將詞的詞情畫意，幾乎喪失殆盡。餘如《柳梢青·辛酉生日前兩日，夢一道士話長年之術，夢中痛以理折之，覺而賦八難之詞》，也是一首議論詞，且用了福唐獨木橋體。比起《哨遍》來，似差強人意。

（五）類似於後來的曲體

曲是後來才成熟的，但辛詞中，卻有著曲味或類似於曲的寫法的詞。如：

> 花知否，花一似何郎。又似沈東陽。瘦稜稜地天然白，冷清清地許多香。笑東君，還又向，北枝忙。　　著一陣、霎時間底雪，更一箇、缺些兒底月。山下路，水邊牆。風流怕有人知處，影兒守定竹旁廂。且饒他，桃李趁，少年場。（《最高樓·客有敗棋者，代賦梅》）

這首詞卻有著較濃鬱的曲的韻味。其中「瘦稜稜地天然白，冷清清地許多香」，「著一陣、霎時間底雪，更一箇、缺些兒底月」，都類似於曲的句式和情調。又如《粉蝶兒·和趙晉臣敷文賦落梅》，也是一首頗有曲的情調與韻味的詞。

以上所舉集句、《天問》、對話、議論諸體，都是散文的體裁，類似於後來的曲體的詞也較散。作者寫詞模擬或套用了這些體裁，因此就具有了散文的某些特色。平心而論，這些詞不像散文那樣散，那麼自由隨意，而仍有著較嚴格的詞的節奏和韻律。它既有較濃鬱的詩味，又有著散文式的自由恣肆與流暢。從文學的表達來說：有破壞，有建設；有失敗，有成功，而其建設與成功，構成了辛詞藝術表現上的創新特色。

四

在辛棄疾詞中，使用了大量的散文句式。這些詞句感情充沛，行文流暢，將一時的情緒，表現得恣肆縱放，酣暢淋漓。例如：「休說往事皆非，而今云是，且把清尊酌。」（《念奴嬌·賦雨巖，效朱希真體》）「人生行樂耳，身後虛名，何似生前一杯酒。便此地，結吾廬，待學淵明，更手種、門前五柳。」（《洞仙歌·訪泉於奇師村，得周氏泉，為賦》）「細參辛字，一笑君聽取：艱辛做就，悲辛滋味，總是辛酸辛苦。更十分、向人辛辣，椒桂搗殘堪吐。」（《永遇樂·戲賦辛字，送茂嘉十二弟赴調》）這些順手拈來的例子，都是散文的句式，因其情緒高漲，感情充沛，雖係散體，仍不乏詩的韻味。

散文的句式，在辛詞中時有出現，可謂不勝枚舉：

也莫向、竹邊辜負雪。也莫向、柳邊辜負月。閒過了，總成癡。種花事業無人問，惜花情緒只天知，笑山中，雲出早，鳥歸遲。(《最高樓·醉中有索四時歌者，為賦》)

甚矣吾衰矣。悵平生、交遊零落，只今餘幾。(《賀新郎·邑中園亭，僕皆為賦此詞。……》)

老冉冉兮花共柳，是棲棲者蜂和蝶。也不因、春去有閒愁，因離別。(《滿江紅·錢鄭衡州厚卿席上再賦》)

待說與窮達，不須疑著。古來賢者，進亦樂，退亦樂。(《蘭陵王·賦一丘一壑》)

當此之時，止乎禮義，不淫其色。但啜其泣矣，啜其泣矣，又何嗟及。(《水龍吟·愛李延年歌、淳于髡語，合為詞，庶幾高唐、神女、洛神賦之意云》)

怕是當年，香山老子，姓白來江國。謫仙人，字太白，還又名白。(《念奴嬌·賦傳巖叟香月堂兩梅》)

從以上這些散文句式表達的內容來看，賦詞時詩人情緒是特別飽滿的，感情是異常高漲的。他思如泉湧，顧不得將此時的情緒化成含蓄蘊藉的詞的語言，就在語言還處於散化狀態時，一下子噴薄而出。因此，語言雖然是散化的，卻充溢著感人的詩的激情。

五

綜上所述，我們可得出以下結論：

第一，辛棄疾雖然用了諸多散文的體式，靈活地使用了一些散文的筆法填詞，但卻仍然是謹守詞的格律的。誠如詞論家顧隨所說：「辛老子卻是精意作……精意作，故當行。」(《顧隨文集·說辛詞〈賀新郎·賦水仙〉》)這種筆法是與表現詞人的感情與詞的內容，都是非常適應的，因此能將詞人感情表現得充分、酣暢淋漓，流暢恣肆。詞人在感情的表達上不掩藏，無疏漏。同時它避免了詞中因過多地使用比興而造成的某種程度的凝澀與感情意向的朦朧，也避

免了詞的難解、歧解與誤解，因而極大地消減了詞人與讀者之間的距離，加強了讀者對詞共鳴的可能性，能使讀者很好地接受。而且能使詞的語言表現力最大加強，詞的內容與詞人感情得到和諧地表現，從而達到最佳的藝術效果。

　　第二，辛棄疾的「以文爲詞」，詞論家往往只看到它對詞的固有表現力的嚴重破壞，對詞的本色的消減與疏離，因此往往持否定態度，這是可以理解的。然卻未免過多過重地只看到一些負面的因素，而對「以文爲詞」所產生的新的藝術表現力與新的藝術特色，似有低估或認識不足。顧隨先生曾說：辛棄疾詞「一變前此之蘊藉恬淡，而爲飛動變化，卻亦自有其新底蘊藉恬淡在。」（《顧隨文集‧稼軒詞說》）這是對辛棄疾「以文爲詞」所產生的藝術特點的精確概括。「飛動變化」這是辛棄疾詞表現出來的新的藝術特色，它既能充分地表現詞人豪邁激越的感情，又對讀者的感情意識是一種有力的激勵與衝擊。而又好在「自有其新底蘊藉恬淡在」，保留了詞的傳統的某些特色，對讀者有其強有力的感染與滲透。當然，我們也毋庸諱言，「以文爲詞」難免有「直而率，戇而淺」（《顧隨文集‧稼軒詞說》）的缺點，使之含蓄蘊藉之致有所消減。

程垓詞論略

　　程垓，字正伯，眉山（今屬四川省）人，程正輔之孫。程正輔與蘇軾爲中表兄弟，楊愼、毛晉、四庫館臣均誤以程垓與蘇軾爲中表，後世學者多有沿襲其誤者，況周頤《蕙風詞話》、梁啓超《跋程正伯〈書舟詞〉》等均已辨之。程垓曾與尤袤、陸游等遊，光宗紹熙三年（1193），已五十許。楊萬里曾薦以賢良方正科。家有擬舫號「書舟」，其詞集因名《書舟詞》，存詞一百五十七首。

　　程垓在詞史上的地位雖不顯赫，但也得到過相當高的評價。《四庫總目提要》謂「頗有可觀」〔註1〕，梁啓超稱「不失爲宋詞一名家」〔註2〕，毛晉說《酷相思》、《四代好》等詞，「秦七、黃九莫及也」〔註3〕。這話雖然說得有失分寸而欠公允，但也可見毛晉對其詞的推崇。本來他的詞存量較多，藝術質量上乘，其詞的創作成就是應當予以充分肯定的。然近幾十年來，他的詞似被詞論家遺忘了：20世紀竟找不到一篇專論其詞的論文，在眾多的《中國文學史》中也很少提到他，詞選家也不大選他的詞。總之，他似乎已從

〔註1〕　吳熊和：《唐宋詞匯評》（兩宋卷），第2525頁，浙江教育出版社，2004。

〔註2〕　梁啓超：《跋程正伯〈書舟詞〉》，引自吳熊和《唐宋詞匯評》（兩宋卷），第2527頁，浙江教育出版社，2004。

〔註3〕　毛晉：《書舟詞跋》，引自吳熊和《唐宋詞匯評》（兩宋卷），第2525頁，浙江教育出版社，2004。

中國文學史上淡出以至漸次消失了，這實在是很不公平的。我們細讀程垓的《書舟詞》，其詞的的確確有著自己的藝術個性，是不應也不能終被忘懷的。

一

作為言志之作的詩歌，程垓的詩已經不見存於人世了；作為謹守傳統的詞人，他只能以含蓄委婉的筆調，抒寫個人的情愫，留下了大量的婉約詞。即使這樣，他的愛國情懷與報國之志，在其個別詞中也仍有流露，使我們看到他的胸懷被掩蓋的另一面。

程垓有三首《鳳棲梧》，蓋為一時之作。其題序云：「客臨安，連日愁霖，旅枕無寐，起作。」他羈旅在外，又適逢霖雨，內心苦悶，情緒翻騰，感情激蕩，遂揮筆填詞三首，抒一時之情懷。其一云：

> 九月江南煙雨裏。客枕淒涼，到曉渾無寐。起上小樓觀海氣，昏昏半約漁樵市。　　斷雁西邊家萬里。料得秋來，笑我歸無計。劍在牀頭書在几，未甘分付黃花淚。

此詞上闋承題序，寫霖雨引起他無限的苦悶情緒，下闋則抒寫自己不得志的牢愁：書劍飄零，壯志未酬，榮歸無計。詩人於志難伸而於心不甘，蘊含著壯志未遂而又不甘認輸的強烈情緒。第三首云：「憂國丹心曾獨許。縱吐長虹，不奈斜陽暮。莫道春光難攬取。少陵辨得尋花句。」他以有「憂國丹心」自許。儘管歲月蹉跎，不覺已到晚年，但有一展宏圖的暗示與期許。他在現實中經常碰壁，其願望難以實現，難免有壯士失路之悲。這種情緒，在詞中時有流露。如在《水龍吟》中，就有「傷時清淚」之嘆，在《滿江紅》中，也有「醉來一任乾坤窄」之怨。偌大乾坤，容不得一介書生略展宏圖。詞人滿懷國事的愁思、壯志未遂的苦悶，與其傷時傷老情緒的結合，匯成浩莽深沉的感嘆。如此等等，都表現出一個正直的知識分子，在苦難時代對祖國前途命運的特別關注，想竭盡自己綿薄之力而又

無法施展，這怎能使他不充滿愁怨呢？

　　在程垓的詞中，也偶有曠放之作。如《臨江仙‧合江放舟》：「送我南來舟一葉，誰教催動鳴榔。高城不見水茫茫。雲灣才幾曲，折盡九回腸。買酒澆愁愁不盡，江煙也共淒涼，和天瘦了也何妨。只愁今夜雨，更做淚千行。」在他表面的曠達中，卻蘊含著無可奈何的情緒。看來，他不過是有意為自己鼓氣罷了。「只愁今夜雨，更做淚千行」才是他的本意，無可排遣的愁思，才是他心底的真情。這樣將其愁寫得更深刻、更感人。從這表面的曠達中，我們也可想到其很不得志的另一面。當然，這種情緒只是在其個別詞中的流露。由於程垓傳記資料匱乏，其詳細情況已很難深知了。

　　作為婉約詞人，程垓繼承並發揚了北宋婉約詞的優秀傳統，其詞絕大部分是言情之作，是以男女相思相戀之情為主導的。這些詞寫得纏綿悱惻而又不涉淫蕩，不及色情。詞風清雅而淒婉，極富韻致，極見才情。如《最高樓》：

　　　　舊時心事，說著兩眉羞。長記得、憑肩遊。細裙羅襪桃花岸，薄衫輕扇杏花樓。幾番行，幾番醉，幾番留。　　也誰料、春風吹已斷。又誰料、朝雲飛亦散。天易老，恨難酬。蜂兒不解知人苦，燕兒不解說人愁。舊情懷，消不盡，幾時休。

這首詞通俗易懂卻頗具匠心。上闋回憶往事，下闋抒發今情。回憶引起了抒情，抒情將回憶的內容予以昇華，表現了淒婉悲愴的感情，寫出了綿綿不盡的情懷。用筆輕盈細膩，極盡溫細情態，極有韻致。《酷相思》、《滿庭芳》、《卜算子》等，都是格調婉約、詞情含蓄、極有韻致的好詞。

二

　　獨創，是文學的生命。作為文學樣式之一的詞，它需要詞人在創作中不斷創新，在創新中發展提高，在創新中獲得藝術生命力，在創新中形成自己獨特的藝術個性。唯其創新，才能使詞藝術表現

生新，並獲得無窮無盡的藝術魅力。程垓對詞的藝術創新，達到了自己預期的目的。

詞是具有音樂性的文學，在詞史上許多著名的詞人，都擅長音樂。他們不僅能依調填詞，聲律和諧；而且能自創新調，廣爲流傳。柳永、周邦彥、姜夔、史達祖、張炎，都創造過一些新的詞調，以之填詞，這些詞都因其獨具特色而受到世人的特別重視。和許多著名的詞人一樣，程垓也具有高超的創調才能。《酷相思》就是他首創的詞調之一，其詞云：「月掛霜林寒欲墜。正門外、催人起。奈離別、如今眞個是。欲住也、留無計。欲去也、來無計。　　馬上離魂衣上淚。各自箇、供憔悴。問江路梅花開也未。春到也、須頻寄。人到也、須頻寄。」此調上下闋同格。詞中多用逗，音節短促，適於表現急切的情緒；又多用「也」字，以舒緩語氣，在急管繁弦的奏聲中間以舒緩和諧的聲調，適於表現哀怨淒楚的感情。正如許昂霄所云，此詞爲「人人之所欲言，卻是人人之所不能言。此之謂本色，無筆力者，未許妄作邯鄲」〔註 4〕。這種詞調，不是任何詞人都能駕馭的，需才情如程垓者，才能運筆自如而不至畫虎類犬也。

程垓詞富於獨創性的另一個方面，則是在運用舊的詞調時，在嚴格遵守格律的前提下，還能充分發揮其獨創性，形成一種新的藝術表現力，使之產生一種新鮮感。《長相思》是一個常用的以題爲調的詞，詞人用以表現縈回心頭難斷的情思。程垓有三首《長相思》，抒發遊子漂泊異鄉之悲。他在填詞時，將上下闋的兩個三字句，巧妙地用了排句，如「對重陽，感重陽」，「景淒涼，客淒涼」；「酒孤斟，客孤吟」，「愛登臨，莫登臨」，「風敲窗，雨敲窗」，「剔銀缸，點銀缸」。如此，他成功地借鑑了民歌中複沓的技巧，形成了感情複疊、反複詠嘆的藝術效果，表現了內心激動的感情。語言樸素、感情眞摯，充分展現了詞人羈旅漂泊之苦，使其感情跌宕而別有韻致，

〔註 4〕　許昂霄：《詞綜偶評》，引自唐圭璋《詞話叢編》，第 1557 頁，中華書局，1986。

有一唱三嘆之妙。這種特殊而別有韻味的詞，在其他人填的《長相思》詞中，是不曾出現過的。

《愁倚闌‧三榮道上賦》則是另一類獨創的例證。詞云：

> 山無數，雨蕭蕭。路迢迢。不似芙蓉城下去，柳如腰。
>
> 夢隨春絮飄飄。知他在、第幾朱橋。說與杜鵑休喚，
>
> 怕魂銷。

這是一首思婦詞，以題爲調，寫倚闌遠望之悲苦。上闋寫倚闌遠望之所見：重重的山，綿長的路，加上蕭蕭的雨聲，行人旅途艱辛之狀可見；下闋寫主人公夢隨春絮追逐情人，但又不知情人之所在；本來就心煩意亂而又聞杜鵑悲啼，眞是悲苦之情情何以堪。詞人將主人公思念親人的感情寫得那麼眞切，雖未點破而已呼之欲出。以藝術表現言，整首詞語調頓挫而情致纏綿。

三

細節的描寫與諸多修辭格的成功運用，是程垓詞的又一特點。它大大地增強了詞的藝術表現力，使其文學創新才能，得以更好地施展。

生動的細節描寫，在敘事性的作品中不可或缺；在以抒情爲主的詞中，很少有細節描寫，特別是較爲成功的細節描寫。但作家在詞中偶然用了細節，則顯得特別生動。程垓是善於和擅長細節描寫的詞人。在他的詞中，成功地運用了許多細節描寫。如「有人睡起香浮頰。倚著闌干，笑揀青荷葉」（《醉落魄》）。「幾回心曲，選勝摘來情自足。插向雲鬟，要與仙郎比並看」（《減字木蘭花》）。這都是極爲生動而又能表現人物心曲的細節。細節的描寫，在程垓詞中是較多的，如：

> 獨立晚庭凝竚。細把花枝閒數。（《謁金門》）
>
> 手撚青梅無處問。一春長悶損。（《謁金門》）

「細把花枝閒數」、「手撚青梅無處問」，都是愁思無由排遣，閒得無

聊、悶得發慌的表現，生動地表現了思婦的苦悶與牢愁。這些順手拈來的細節，生動形象，深刻地揭示出主人公的心態。

修辭格的運用，則是爲了加強詞的藝術表現力，將詞寫得生動活脫，使其更有生氣。程垓在詞中，喜歡用對偶、排比、反複等辭格，譬如：「愁緒多於花絮亂，柔腸過似丁香結」（《滿江紅·憶別》），上句以愁緒與花絮相較，極狀其心緒之亂；下句以柔腸與丁香相比，狀其柔腸之鬱結。上下二句又形成對偶句，將其柔腸與愁緒，形容得淋漓盡致。

絕妙的對偶句，在程垓詞中是頗多的，可謂俯拾即是。如：「月在衣裳風在袖，冰生枕簟香生幕」，「搖葉聲聲深院宇，折荷寸寸閒池閣」，「東籬下，西窗角」（《滿江紅》「水遠山明」）；「衣上雨，眉間月」（《滿江紅·憶別》），這些對偶，有些並非詞調的特殊要求，而是詞人的獨創。又如：「樓底杏花樓外影，牆東柳線牆西恨」（《蝶戀花》「滿路梅英飛雪粉」），這是一種蘊含頗豐的詩的境界。這些對偶詞格的運用，使其詞顯現出整齊而對稱的均衡美。

用排比詞格的有「花也相宜，人也相宜」，「莫厭杯遲，莫恨歡遲」，「何似休歸，何自同歸」（《一剪梅》「小會幽歡整及時」）；「春在怕愁多，春去憐歡少」（《卜算子》「幾日賞花天」），這些排句的運用，起到了加強語氣的作用，使詞人的感情得到了進一步的深化。

《上惜平·惜春》開頭以「愛春歸，憂春去，爲春忙」的層遞辭格，極寫惜春之情，結尾以「笑他人世漫嬉遊，擁翠偎香」的襯筆作結。《四代好》云：「憑畫闌，那更春好花好，酒好人好。春好尚恐闌珊，花好又怕，飄零難保。直饒酒好（如）澠，未抵意中人好……又豈關、春去春來，花愁花惱。」詞中用八個「好」字，四個「花」字，跌宕流暢，自然高妙。《水龍吟》「夜來風秋雨」詞中用了四個「愁」字，都是一般詞中少有的現象。這些重複，絕無累贅之感。《酷相思》、《長相思》中複沓句法的運用，使情緒跌宕起伏，語言通俗流暢。如此等等，都表現出「清便流易，不施雕飾」的藝

術特色。〔註5〕

　　總之，在他的詞中較多地運用了對偶、排比、複沓以及其他修辭手段，用得精巧而自然，毫無斧鑿之痕；有些用法頗特殊，極富藝術個性，深化了感情，增強了藝術表現力。

　　另外，像《攤破江城子》：「娟娟霜月又侵門。對黃昏。怯黃昏。愁把梅花，獨自泛清尊。酒又難禁花又惱，漏聲遠，一更更，總斷魂。　　斷魂。斷魂。不堪聞。被半溫。香半溫。睡也睡也，睡不穩、誰與溫存。只有牀前，紅燭伴啼痕。一夜無眠連曉角，人瘦也，比梅花，瘦幾分。」語言通俗，情調曼佻，極似小曲。餘如《最高樓》「舊時心事」、《一剪梅》「小會幽歡整及時」、《入塞》「好思量」、《驀山溪》「老來風味」等詞，語言佻達，情調曼倩，有著濃鬱的生活氣和小曲味道。這種詞的曲化，實際上則是詞的異化，顯示了詞向小曲過渡的前兆。

四

　　語言平淡、本色，是程垓詞的一個最為突出的特點。他的《書舟詞》，幾乎可以說首首都是白描，首首都明白如話，首首都很清雅，語言本色，字裏行間，流蕩著婉約、清新、輕倩之美。如《生查子》：

　　　　溪光曲曲村，花影重重樹。風物小桃源，春事還如許。

　　　情知送客來，又作尋芳去。可惜一春詩，總為閒愁賦。

　　　　　長記別郎時，月淡梅花影。梅影又橫窗，不見江南信。

　　　無心換夕香，有分憐朝鏡。不怕瘦稜稜，只怕梅開盡。

這兩首詞語言淡雅，沒有僻典，沒有生硬的字，沒有土語方言，從頭到尾的白描，在這頗為雅緻的句子裏，蘊含著極豐厚的詩情畫意。有人說他的詞，「風格近似柳永」〔註6〕，甚至有人以為他是深受柳永影響的詞家。其實，他的詞沒有柳永的卑俗氣，感情真淳，詞風委婉，詞調趨雅；也不像秦觀、黃庭堅那些俗詞語言的土氣，語言是標準而

〔註5〕　永瑢：《四庫全書簡明目錄》，第 888 頁，中華書局，1964。
〔註6〕　陳耳東、陳笑吶：《情詞》，第 496 頁，陝西人民出版社，1997。

又活潑的書面語。他學習繼承和發展了李清照、朱敦儒的詞的語言，把口頭語用得清、煉得醇，無生硬之感，無媚俗之弊，語淺情深，醇味芳香，清雅有致，別致雋永，因而極富藝術魅力。

程垓詞中平淡而自然的語言，並非隨意為之、輕易得之的，而是反複錘煉的結果。彭孫遹謂「詞以自然為宗，但自然不從追琢中來，便率易無味」〔註7〕。況周頤也認為「自然從追琢中出」〔註8〕。他們的看法，都是很有道理的。況周頤云：「《韻語陽秋》云：『陶潛、謝朓詩皆平淡有思致，非後來詩人怵心劌目者所為也……大抵欲造平淡，當自組麗中來。落其華芬，然後可造平淡之境。如此，則陶、謝不足進矣。梅聖俞贈杜挺之詩有「作詩無古今，欲造平淡難」之句。李白云：「清水出芙蓉，天然去雕飾。」平淡而到天然，則甚善矣。』此論精微，可通於詞。欲造平淡，當自組麗中來。」〔註9〕這種經過反複錘煉而達到的自然，是詞人語言運用上的純熟與成功，是詞中用語平淡而有思致的典範。

程垓詞風婉約眞淳，藝術上有諸多獨創，語言自然本色，有著相當高的藝術水平，是很值得我們重視並加以認眞探討的。

〔註7〕　彭孫遹：《金粟詞話》，引自唐圭璋《詞話叢編》，第721頁，中華書局，1986。
〔註8〕　況周頤：《蕙風詞話‧廣蕙風詞話》，第123頁，中州古籍出版社，2003。
〔註9〕　況周頤：《蕙風詞話‧廣蕙風詞話》，第122頁～123頁，中州古籍出版社，2003。

談劉過詞中的對偶

　　劉過被學人視爲辛派詞人，「其詞多壯語，蓋學稼軒者也。」
〔註1〕或謂其詞「瞻逸有思致。」〔註2〕其詞雖不以煉字、琢句、修
辭絕妙見長，然亦有詞句「工麗」〔註3〕、號稱「工品」之絕作，
有形式多樣、數量繁多、甚爲精妙的對偶。對偶辭格的運用，不僅
使詞內涵豐富，意蘊深厚，極大地提高了詞的容量；而且形式整飭，
奇偶變化適度。勻稱的句式與和諧的節奏，都給人以極強的均衡整
齊的美感，並且易於感知、聯想、記誦，值得我們認眞地研討。

一

　　劉過詞中的對偶，有本句對、鄰句對、隔句對等多種形式，謹分
別論述如次：

（一）本句對

　　本句對，又稱當句對、句中對，它可分成當句成對和當句有對兩
種：前者是句子的前後兩部分天然成對，另無剩字；後者是句子中除
了對偶成分外，還有修飾、限制或連接成分。

〔註1〕　唐圭璋，等：《唐宋人選唐宋詞》，第700頁，上海古籍出版社，2004。
〔註2〕　吳熊和，《唐宋詞匯評》（兩宋卷），第2654頁，浙江教育出版社，
　　　　2004。
〔註3〕　馬興榮：《龍洲詞校箋》，第22頁，江西人民出版社，1999。

劉過詞當句成對的有「綠鬢朱顏」(《沁園春‧代壽韓平原》)、「日高花困」(《水調歌頭‧晚春》)、「經天緯地」(《水龍吟》「慶流閱古無窮」)、「風巾霧屨」、「雨笠烟蓑」(以上二句均見《沁園春‧詠別》)、「情深意眞」、「眉長鬢青」、「魂牽夢縈」(以上三句均見《四字令》「情深意眞」),如此等等,都是對仗相當工整的當句成對的句子。

當句有對的有「道吳山越水」(《沁園春‧寄孫竹湖》)、「臨安記、龍飛鳳舞」(《四犯剪梅花‧上建康錢大郎壽》)、「覺幾度、魂飛夢驚」(《柳梢青‧送盧梅坡》)、「公餘且畫玉簪朱履」(《沁園春‧送辛幼安弟赴桂林官》)、「正鸞慵鳳困」、「依然怨新懷舊」(以上二句均見《賀新郎‧平原納寵姬,能奏方響,席上有作》)、「無奈愁深酒淺」、「但寄興焦琴紈扇」(以上二句均見《賀新郎‧贈娼》)、「輕負暖煙濃雨」(《賀新郎‧贈張彥功》)、「愛此濃情淡性」(《賀新郎‧荷》)這些句子中,前面是領字或限制詞,後面四個字則兩兩天然成對,異常工巧;「斜倚朱脣皓齒間」(《沁園春‧美人指甲》)、「猶在楚尾與吳頭」(《水調歌頭‧壽王汝良》),這兩個當句有對的句子,形式稍有變化;「正芝香棗熟、鶴瘦松癯」(《沁園春‧代壽韓平原》),則是接連兩個當句有對句;「都不是蓼汀桃岸、橘洲梅渚」(《滿江紅‧同襄陽帥泛湖》),接連兩個當句有對句,兼四言鄰句對;「達則牙旗金甲,窮則蹇驢破帽」(《水調歌頭》「弓劍出榆塞」),分則爲接連兩個句中有對句,合則形成排比辭格。

本句對有的還兼有「擬人」辭格,如「鶴瘦松癯」、「暖煙濃雨」、「魂飛夢驚」、「鶴慵鳳困」、「風巾霧屨」等,有的兼有「誇張」辭格,如「魂銷腸斷」等,這些豐富多彩的本句對,表現了劉過詞在語言運用上的高度技巧。

(二)鄰句對

鄰句對,即常見的上下聯構成的對偶句。這種鄰句對在劉過詞中有三言、四言、五言、六言、七言等五種形式。

　　三言對偶句：「弓兩石，劍三尺」（《六州歌頭・題岳鄂王廟》）、「功甚大，心常小」、「居廊廟，思耕釣」（以上兩聯均見《滿江紅・壽》）、「雨飄紅，風換翠」（《水調歌頭・晚春》）、「花弄月，竹搖風」（《江城子》「淡香幽豔露華濃」、「釵玉冷，釧金瘦」（《賀新郎・平原納寵姬，能奏方響，席上有作》），以上三句對偶句，兼用了「擬人」辭格；「酒須飲，詩可作，鋏休彈」（《水調歌頭》「弓劍出榆塞」），「詩可作」分別與其前「酒須飲」，其後「鋏休彈」形成兩個對句，一身而二任。

　　四字對偶句：劉過詞中的四字對偶句，豐富多彩。在這些對偶句中，既有純粹的對偶句，也有帶領字的對偶句。因為領字在詞中統攝數句，單獨成意，故可略而不計。

　　在對偶中有兼用「擬人」辭格的，如「畫鷁凌風，紅旗翻雪」、「但煙波渺渺，歲月迢迢」（以上二聯均見《沁園春・觀競渡》）、「塵隨馬去，月逐舟行」（《柳梢青・送盧梅坡》）；有兼用「典故」的，如「但北窗寄傲，南澗題詩」（《沁園春・寄孫竹湖》）、「擁三千珠履，十二金釵」（《沁園春・盧蒲江席上時有新第宗室》）、「天欲安劉，公歸重趙」、「看人如伊呂，世似唐虞」（以上二聯均見《沁園春・代壽韓平原》）；有兼用「誇張」辭格的，如「種黃柑千戶，梅花萬里」（《沁園春・送辛幼安弟赴桂林官》）餘如「傍柳題詩，穿花勸酒」、「白玉堂深，黃金印大」（以上二聯均見《沁園春・題黃尚書夫人書壁後》）「來無定止，去亦何之」、「疏雨梧桐、微雲河漢」（以上二聯均見《沁園春・寄孫竹湖》）、「盜號書生，強名舉子」（《沁園春・盧蒲江席上時有新第宗室》）、「試摘花香滿，鏤棗成班」（《沁園春・美人指甲》）、「多景樓前，垂虹亭下」、「白璧追歡，黃金頭笑」（以上二聯均見《念奴嬌・留別辛稼軒》）、「鵲去橋空，燕飛釵在」、「花落蓮汀，葉喧梧井」（以上二聯均見《念奴嬌・七夕》）、「泛菊杯深，吹梅角遠」、「雲邊孤雁，水上浮萍」（以上二聯均見《柳梢青・送盧梅坡》）、「漸魚雁音稀，馬牛風邈」、「神遊故園，夢繞胡沙。」（以上二聯均見《木蘭花

慢》（「寶釵分股後」）、「淺約鴉黃，輕勻螺黛」、「似人歸洛浦，雲散高唐」（以上二聯均見《滿庭芳》「淺約鴉黃」），都自然工巧，頗有詩意。

五字對偶句：「弓劍出榆塞，鉛槧上蓬山」（《水調歌頭》「弓劍出榆塞」）、「文采漢機軸，人物晉風流」、「名姓出天上，聲譽塞南州」（以上二聯均見《水調歌頭·壽王汝良》）、「琵琶金鳳語，長笛水龍吟」（《臨江仙》「數疊小山亭館靜」）、「嚴風催酒醒，微雨替梅愁」、「寒雲迷洛浦，殘夢繞秦樓」（以上二聯均見《臨江仙》「長短驛亭南北路」）、「兩箱留燭影，一水試雲痕」、「銀鞍和月載，金碾爲誰分」（以上兩聯均見《臨江仙·茶詞》）。

六字對偶句：「冉冉烟生蘭渚，娟娟月掛愁村」（《西江月》「素面偏宜酒暈」）、「樓上佳人楚楚，天邊皓月徐徐」、「圓才卻因底事，缺多畢竟何如」（以上兩聯均見《西江月·武昌妓徐楚號問月索題》）、「堂上謀臣尊俎，邊頭將士干戈」（《西江月·賀詞》）。

七字對偶句：「標格勝如張好好，情懷濃似薛瓊瓊」（《浣溪沙·贈妓徐楚楚》）、「竹裏絕憐閑體態，月邊無限好精神」（《浣溪沙》「誰把幽香透骨熏」）、「骨細肌豐周昉畫，肉多韻勝子瞻書」（《浣溪沙》「霧鬢雲鬟已懶梳」）、「樓閣萬家簾幕捲，江郊十里旗旗駐」（《滿江紅·高帥席上》）、「風垂舞柳春猶淺，雪點酥胸暖未融」、「一杯自勸羔兒酒，十幅銷金暖帳籠」（以上兩聯均見《鷓鴣天》「樓外雲山千萬重」）。

劉過詞中五言、六言、七言的對偶句不多，但卻對仗工整，有一些極富詩意的聯語，如「兩箱留燭影，一水試雲痕」，「冉冉烟生蘭渚，娟娟月掛愁村」等，有著很美的意境。「標格勝如張好好，情懷濃似薛瓊瓊」，張好好與薛瓊瓊爲人名對，對得很工巧。又如「骨細肌豐周昉畫，肉多韻勝子瞻書」，以周昉、蘇軾的書畫，比其美人的體態風韻，設喻新巧，令人拍案叫絕。

（三）隔句對

　　隔句對也叫扇面對。在劉過詞中的隔句對，形式單一，僅有四四句式：「擁貂蟬爭出，千官鱗集；貔貅不斷，萬騎雲從」、「想刀明似雪，縱橫脫鞘；箭飛如雨，霹靂鳴弓」（以上兩聯均見《沁園春・御閱還，上郭殿帥》）、「記東坡賦就，紗籠素碧；西山句好，簾捲晴珠」（《沁園春・題黃尙書夫人書壁後》）、「問湖南賓客，侵尋老矣；江西戶口，流落何之」（《沁園春・寄辛稼軒》）、「恨雲台突兀，無君子者；雪堂寥落，有美人兮」（《沁園春・寄孫竹湖》）、「有汝陽璡者，唱名殿陛；玉川公子，開宴尊罍」（《沁園春・盧蒲江席上時有新第宗室》）、「把擎天柱石，空留綠野；濟川舟楫，閒艤西湖」、「況自昔軍中，膽能寒虜；而今胸次，氣欲吞胡」（以上兩聯均見《沁園春・代壽韓平原》）、「便狂敲銅斗，我歌君和；醉拈如意，我舞君隨」（《沁園春・詠別》）、「借煙霞且作，詩中對仗；鷺鵷已是，歸日班行」（《沁園春・王汝良自長沙歸》）、「見鳳鞋泥污，偎人強剔；龍延香斷，撥火輕翻」、「算恩情相著，搔遍玉體；歸期暗數，畫遍闌干」（以上二聯均見《沁園春・美人指甲》）、「記踏花芳徑，亂紅不損；步苔幽砌，嫩綠無痕」、「憶金蓮移換，文鴛得侶；綉茵催衮，舞鳳輕分」（以上二聯均見《沁園春・美人足》）。

　　在隔句對中，有些對偶是相當工巧的，如「紗籠素碧」對「簾捲晴珠」兼用典；「侵尋老矣」對「流落何之」，「無君子者」對「有美人兮」，虛字對仗極妙；又如「搔遍玉體」對「畫遍欄干」表現的情景是非常眞實的。如此等等，都表現出作者的巧思與筆法的純熟。

二

　　劉過詞中對偶句的廣泛運用，極大地提高了詞的藝術表現力，使之更生動，更絕妙，更富於藝術魅力。並有諸多個性特徵：

　　首先，他在運用對偶的時候，往往同時兼有其他辭格，如擬人、誇張、用典等，於是便具有這些辭格的特點。譬如擬人，是把物當成人，即把人所具有的某些特性、特點賦予有生命或無生命的物，

如「柳思花情」(《沁園春・遊湖》)、「花嬌玉軟」(《滿庭芳》「淺約鴉黃」)，柳樹與花本來都沒有情思的；花更無嬌態，玉也無軟語；詩人將情思、嬌態、軟語賦予柳、花、玉，不但生動，而且情深。「誇張」，往往是用激昂之語或情至之語，抒發作者主觀的強烈感情，如「料彼此、魂銷腸斷」(《賀新郎・贈娼》)、「三春穠豔，一夜繁霜」(《滿庭芳》「淺約鴉黃」)、「種黃柑千戶，梅花萬里」(《沁園春・送辛幼安弟赴桂林官》)，表現出強烈而深摯的感情。詞中用典，能使字少意多，內涵豐富，如「常袞何如？羊公聊爾」(《沁園春・寄辛稼軒》)，唐朝的常袞，文章俊拔，性清直孤潔，敢於言事，不避權佞，受到代宗的恩遇。晉朝的羊祜，都督荊州諸軍事，務修德以懷吳人，吳人翕然悅服，稱為羊公。詞人以常袞、羊祜之賢，比擬並陪襯辛棄疾，意謂辛之賢能超過了常袞與羊祜。通過用典，將詞人要表達的內容，簡約而含蓄地表現出來。對偶與其他辭格的兼用，使其詞精警生動，妙語披紛，內涵豐富，感情深至，有著很強的藝術表現力。

其次，它通過詞語相對結構形式，把頗為豐富的意象組合在一起，有時形成強烈的時空跨度，內容的廣闊與意象的反差，給人以極深刻的印象。譬如「但煙波渺渺，歲月洄洄」(《沁園春・觀競渡》)，「煙波渺渺」，言江水之浩莽；「歲月洄洄」，說時間之長久；或單言時間的，「任錢塘江上，潮生潮落；姑蘇台畔，花謝花開」(《沁園春・盧蒲江席上時有新第宗室》)；或只說空間的，「定襄漢，開虢洛」(《六州歌頭・題岳鄂王廟》)、「堂上謀臣尊俎，邊頭將士干戈」(《西江月・賀詞》)；或狀聲勢的，「漫爭標奪勝，魚龍噴薄；呼聲賈勇，地裂山摧」(《沁園春・觀競渡》)。總之，對偶的運用，從不同角度提供了多種鏡頭，使讀者在豐富的聯想中，進入一個更美妙的藝術境界。

第三，劉過對偶句的運用，往往使詞的句式駢散交錯，行文凝煉而不失流暢，語句雕飾而不失鮮活。讀起來順口，聽起來悅耳，鏗鏘有味，且有「記誦匪難，諷誦已熟」的效應。如《沁園春・御閱還，

上郭殿帥》：

> 玉帶猩袍，遙望翠華，馬去似龍。擁貂蟬爭出，千官
> 鱗集；貔貅不斷，萬騎雲從。細柳營開，團花袍窄，人指
> 汾陽郭令公。山西將，算韜鈐有種，五世元戎。　　旌旗
> 蔽滿寒空。魚陣整、從容虎帳中。想刀明似雪，縱橫脫鞘；
> 箭飛如雨，霹靂鳴弓。威撼邊城，氣吞胡虜，慘淡塵沙吹
> 北風。中興事，看君王神武，駕馭英雄。

詞人慷慨激烈，發欲上指；情緒昂揚，金聲玉振。「誦此等詞，可驅
瘧鬼，可禁小兒啼。」〔註4〕「足以使懦夫有立志」〔註5〕這種效果，
是與此詞的對偶句的巧妙運用分不開的。應當指出，此詞上下闋中鄰
句對與隔句對，並非《沁園春》詞調的必須要求，而是詞人的獨創，
這一點是難能可貴的。

　　劉過詞中對偶的運用，不是刻意追求，慘淡經營。而在很大程度
上，是「率然對爾」所謂「奇偶適變，不勞經營」〔註6〕。不特使詞
音調鏗鏘，而且具有交錯成文的駢儷之美。

〔註4〕　卓人月：《古今詞統》，第 565 頁，遼寧教育出版社，2000。
〔註5〕　陳廷焯：《白雨齋詞話》，第 155 頁，人民文學出版社，1983。
〔註6〕　周振甫：《文心雕龍注釋》，第 384 頁，人民文學出版社，1981。

史達祖的悼亡詞

　　史達祖《梅溪詞》，存詞一百一十二首，其中悼亡詞就有十一首之多。這無論就悼亡詞的絕對數字，或就占詞人全部詞的創作比例來說，都是相當高的。僅就這一點，就值得我們認真研討。何況，史達祖是以詠物詞馳譽南宋詞壇、流傳永久的。而其悼亡詞，並未引起詞論家的特別關注。

　　悼亡，本來是泛指對逝者的悼念。因為晉代潘岳寫了三首悼念妻子的悼亡詩，感情真摯深厚，十分感人，後來「悼亡」一詞就專指悼念亡妻了。在中國因為男尊女卑意識根深蒂固，聯姻的複雜狀況以及女子對丈夫生活的依附，夫妻之間的平等是根本不存在的，真正的愛情是稀少罕見的。凡此種種，作為男子對妻子悼亡傷逝的悼亡詩詞，在中國詩歌史上，數量是不多的。歷史上著名的悼亡詩有潘岳的《悼亡》三首，元稹的《遣悲懷》三首，陸游的《沈園》二首。悼亡詞則有蘇軾的《江神子·乙卯正月二十日夜記夢》，賀鑄的《鷓鴣天》「重過閶門萬事非」等。史達祖寫了這麼多感情真摯深厚、藝術水準相當高的悼亡詞，當然是值得我們重視的。有些論者卻說他的悼亡詞「數量不多」〔註1〕，不知從何談起。

　　對史達祖的生平事迹，我們知之甚少，何論乃眷？但從其悼亡詞

〔註1〕　陶爾夫、劉敬圻：《南宋詞史》，第315頁，黑龍江人民出版社，1992。

中，卻有蛛絲馬迹可尋。勾勒這些事迹，不僅對其亡妻的身世有所了解；而且對史達祖生平的探討，也有極大的幫助。

史達祖在其悼亡詞中，多次提到湘楚，如「嬌月籠煙，下楚領，香分兩朵湘雲」(《憶瑤姬‧騎省之悼也》)、「最恨湘雲人散，楚蘭魂傷」(《壽樓春‧尋春服感念》)、「昨夜楚山花簟裏，波影先涼」(《過龍門》)。他在非悼亡詞中，也每每提到湘楚，「近時無覓湘雲處，不記是行人」(《眼兒媚‧寄贈》)，「過杜若芳洲，楚衣香潤」(《瑞鶴仙》)。高觀國《東風第一枝‧爲梅溪壽》亦云：「素盟江國芳寒，舊約漢宮楚曉。」如此，史達祖似與伊人聚首分袂，都在湘楚。他的亡妻或即占籍湘楚。至少，他們的戀愛和早期生活，都在湘楚一帶。

史達祖最主要的幾首悼亡詞，都是自度曲。如《憶瑤姬‧騎省之悼也》、《壽樓春‧尋春服感念》、《三姝媚》等。他在填這幾首詞時，親自譜曲，以適應自己感情變化的流程。這不僅說明史達祖有頗爲傑出的音樂才能，同時也蘊含著對乃眷的特別深情。從一些悼亡詞看，其妻是善於歌唱並擅長彈奏的。如「弄杏箋初會，歌裏殷勤」(《憶瑤姬‧騎省之悼也》)、「繡戶鎖塵，錦瑟空弦，無復畫眉心緒」(《花心動》)、「醉月小紅樓，錦瑟箜篌」(《過龍門‧春愁》)、「有絲闌舊曲，金譜新腔」(《壽樓春‧尋春服感念》)，如此等等。他的妻子既能歌善舞，又擅長奏樂，再從悼亡詞《三姝媚》以崔徽隱喻乃眷來說，其妻當是歌伎。從「香分兩朵湘雲」(《憶瑤姬‧騎省之悼也》)和「桃葉桃根，舊家姊妹」(《瑞鶴仙》)的出典看，可能是姊妹花（但不一定是姊妹同嫁）。以史達祖的科場不得志與擅長音樂以及妻子曾是歌伎來看，他早年很可能是書會才人，他爲歌伎譜曲填詞，教練聲腔，並與亡妻發生了戀情以至結婚，「十年未始輕飛」，並過了十年左右美滿的夫妻生活。

史達祖對於亡妻，能陸陸續續寫下十一首悼亡詞，也夠執著的了。這樣一而再、再而三地對她悼念，感情又是那麼眞摯，可見其妻子在自己心目中，有著何等重要的地位，份量又是何等的重。史達祖

自是性情中人，他是非常注重感情的，但也與其不得志極有關係。史達祖雖然才高志大，在國家衰敗民族危難之際，很想有一番大的作為，然其一生卻是極不得意的。雖然他曾得到權相韓侂胄的倚重，但卻是以堂吏的身份出現的，地位是十分卑下的。他在《滿江紅‧書懷》中抒發了不得志的憤懣情緒：

> 好領青衫，全不向、詩書中得。還也費、區區造物，許多心力。未暇買田清潁尾，尚須索米長安陌。有當時、黃卷滿前頭，多慚德。　　思往事，嗟兒劇。憐牛後，懷雞肋。奈稜稜虎豹，九重關隔。三徑就荒秋自好，一錢不值貧相逼。對黃花、常待不吟詩，詩成癖。

「好領青衫，全不向、詩書中得」，詩人情緒憤激，直是聲淚俱下；所謂「尚須索米長安陌……憐牛後，懷雞肋……三徑就荒秋自好，一錢不值貧相逼」，其當日身世之潦倒，因貧而仕之無可奈何，真是「慨乎言之」了。他在《滿江紅‧九月二十一日出京懷古》中也寫道「老子豈無經世術，詩人不預平戎策」，其懷才不遇的情緒，也夠憤激的了。末句「對黃花、常待不吟詩，詩成癖」，其藝術化的人生並不因環境的惡劣而摧折。他與妻子當年的生活，自是美滿的充滿藝術化的人生。懷才不遇的境況，藝術化人生的失落，引起了他對妻子的無限思念和哀悼，才高志偉而世乏知音，唯有紅顏知己，卻又永隔重壤，這怎能不使他萬分悲痛、時刻充滿悼念之情呢？

史達祖的悼亡詞，大體上可分為以下三類：

第一，是專為悼念妻子而寫的悼亡詞，有《憶瑤姬‧騎省之悼也》、《壽樓春‧尋春服感念》、《三姝媚》「煙光搖飄瓦」、《花心動》「風雨簾波」、《一剪梅‧追感》等五首。這些詞都是鄭重的專為悼念亡妻而作的，詞人可能在妻子的忌日或誕辰，在這樣特殊的日子裏，觸發了對妻子強烈的憶念情緒，感緒鬱結，不能自已，為此寫了悼亡詞，抒發他對妻子懷念的深厚感情。因為這些詞是對十年恩愛的深情回味與悼念，纏綿俳惻，讀來淒惻動人，催人淚下。誠如

俞陛雲評《壽樓春・尋春服感念》時說：「情與文一氣旋轉，忘其為聲調所拘，轉覺助其淒韻，自是名手。」〔註2〕洵為的評。

以《憶瑤姬・騎省之悼也》而言，張德瀛《詞徵》云：「《憶瑤姬》，史邦卿所創調也。《水經注》謂天帝之季女名曰瑤姬。」〔註3〕《憶瑤姬》以調為題，以天帝之季女瑤姬喻妻子，表明對妻子的強烈憶念。又用了詞題「騎省之悼也」，表明自己和潘岳一樣，寫的是一首悼亡詞。詞云：

> 嬌月籠煙，下楚領，香分雨朵湘雲。花房漸密時，弄杏腮初會，歌裏殷勤。沉沉久西窗，屢隔蘭燈慢影昏。自綵鸞，飛入芳巢，繡屏羅薦粉光新。　十年未始輕分。念此飛花，可憐柔脆銷春。空餘雙淚眼，到舊家時節，謾染愁巾。神仙說道凌虛，一夜相思玉樣人。但起來、梅發窗前，哽咽疑是君。

上闋寫濃情：兩人於湘地初會，繼有書信往來，歌聲傳情。終於燕爾新婚，西窗密語；室內煥然一新，充滿勃勃生氣。生活是何等美滿！下闋寫悼逝：「十年未始輕分」，承上闋言兩人婚後的幸福生活有十年左右。繼寫妻亡故後的悲痛，那朵鮮艷而脆弱的花消逝了，只留下我一雙淚眼，悲哀傷痛；我沒有神仙那樣超脫，夜夜輾轉反側，想念玉一樣的麗人。早晨看見窗前梅花開放，好像妻子含愁帶顰，欲語又止，亭亭玉立，令人哽咽！此詞字字情深，語言悲切，不勝悼念之情，躍然紙上。

第二，他與妻子感情極深，隨時隨地都觸發著自己對妻子的深情憶念。譬如《夜行船・正月十八日聞賣杏花有感》，就是因收燈時節，偶然聽到賣花聲而想起妻子，遂寫了這首情致深婉的詞。詞云：

> 不翦春衫愁意態，過收燈，有些寒在。小雨空簾，無人深巷，已早杏花先賣。　白髮潘郎寬沈帶，怕看山，

〔註2〕　俞陛雲：《唐五代兩宋詞選釋》，第 435 頁，上海古籍出版社，1981。
〔註3〕　唐圭璋：《詞話叢編》，第 4089 頁，中華書局，1986。

憶它眉黛。草色拖裙，煙光惹鬢，常記故園挑菜。

此詞情婉深永，風致搖曳，將自己身世之感與憶舊懷人緊密結合，極有韻味。

詞人與妻子感情殊深，觸處生悲，或因寒蛩的叫聲，引起對妻子的憶念：「篋中鍼線早銷香。燕尾寶刀窗下夢，誰窮秋裳？」（《過龍門》「一帶古苔牆」）或因見舊物，睹物思人：「寄信問晴鷗；誰在芳洲？綠波寧處有蘭舟。獨對舊時攜手地，情思悠悠。」（《過龍門·春愁》）或想起妻子對自己生活的關照，或想起與妻子當年愉快的生活，真切的感情遂奔湧筆下。總之，她的一舉一動，在他的腦子都留下了最深的烙印；一有觸發，就引起他對妻子深情的憶念。這感情是深厚真純難以逾越的，也是充分詩化了的，因而也十分感人！

第三，用了比興手法，以物喻人，抒發對妻子的傷悼情緒。《于飛樂·鴛鴦怨曲》詞以鴛鴦之「綺翼翩翩」，喻與妻子的比翼齊飛；而以今日之「香頸冷，合是單棲」，寫妻子逝後的孤寂生活。他又喜歡以梅喻伊人：「嬌媚。春風模樣、霜月心腸、瘦來肌體。孤香細細，吹夢到，杏花底。被高樓橫管，一聲驚斷，卻對南枝灑淚。謾相思、桃葉桃根，舊家姊妹。」（《瑞鶴仙·賦紅梅》）是寫梅，也是寫人；由寫梅到思人，感情深切！「舊時明月舊時身，舊時梅萼新。舊時月底似梅人，梅春人不春」（《阮郎歸·月下感事》），梅花開放，而像梅一樣的妻子，卻未能蘇醒復活。詞人以梅喻妻，既讚妻子品操之高潔，又寫自己思念之深切。含蓄蘊藉，寄託遙深！

史達祖對亡妻感情深摯，因此他的悼亡詞感人至切，催人淚下。然因對亡妻時時感念，偶有感觸，即念茲在茲，類似的意象不斷在詞人筆下出現，故不免意象重複。譬如《過龍門·春愁》、《過龍門》「一帶古苔牆」與《壽樓春·尋春服感念》中的某些意象就是重複的。俞陛雲在評《過龍門》「一帶古苔牆」時說：「『寶刀窗下』句即《壽樓春》詞『金刀晴窗』之意，『誰窮秋裳』句即《壽樓春》『誰念無裳』

之意。」〔註4〕又在評《過龍門‧春愁》時說：「『舊時攜手』句，即《壽樓春》詞『晴窗素手』之意。『蘭舟』句，即《壽樓春》『湘雲人散』、『蘋藻相思』之意。作者觸處生悲也。」〔註5〕這種意象的重複，對詞人來說，是因爲對逝者情深，故不免觸處生悲，但對讀者來說，則不免有重複與似曾相識之感！史達祖的悼亡詞，可以說成也在此，弊也在此。然縱觀其全部悼亡詞，畢竟是成大於弊的。

〔註4〕　俞陛雲：《唐五代兩宋詞選釋》，第 428 頁，上海古籍出版社，1985。
〔註5〕　同上。

史達祖詞中的對偶句簡說

　　史達祖在詞壇上一直被視為「白石羽翼」、「清眞之後勁」，是格律派詞的正宗。他的詞以煉字、琢句、修辭絕妙見長；尤善於用各種修辭手段，表達婉曲深約的感情。前人贊其在語言運用上有「不經人道語」（陳造《竹屋癡語序》），「句法挺異」、「妙詞頗多，不獨造辭精粹」（張炎《詞源》）等等，他的詞中，詞眼、警句頗多，其中有許多形式多樣、數量繁多、極爲精妙的對偶句。這些對偶句，易於感知、聯想、記誦，勻稱的句式與和諧的節奏，都給人以美的享受。

　　史達祖詞中的對偶，有本句對、鄰句隊、隔句對等諸種形式，謹分別論述如次：

一、本句對

　　本句對，又稱當句對、句中對，它可分爲當句成對和當句有對兩種：前者是句子的前後兩部分天然成對，另無剩字；後者是句子中除了對偶部分外，還有修飾或限制成分。

　　史達祖詞當句成對的有「冰橋雪嶺」、「鏤月描雲」（均見《惜奴嬌》）、「黏雞貼燕」（《東風第一枝》）、「乳鳩稚燕」（《慶清朝》）、「蘭騷蕙些」（《一剪梅》）、「齊宮楚榭」（《隔浦蓮》）、「深盟縱約」（《南浦》）、「風裳水佩」（《賀新郎》）、「秀肌半靨」（《留春令》），如此等

等，都是對仗非常工整的當句成對的句子。

當句有對的有「應是草穠花密」（《金盞子》）、「除是倩鶯煩燕」（《金盞子》）、「看足柳香花暝」（《雙雙燕》）、「此外雲沉夢冷」（《賀新郎》）、「一片樵林釣浦」（《龍吟曲》）、「夢賦《雪車》《冰柱》」（《隔浦蓮》）、「慣識雨愁煙恨」（《隔蒲蓮》）、「都護雨昏煙暝」（《南浦》）等等。這些句子中，前面是限制詞，後面四個字，兩兩天然成對，異常工巧。

本句對有的用了「擬人」辭格，如「倩鶯煩燕」、「雲沉夢冷」、「雨愁煙恨」、「蒲香葵冷」等；有的用典，如「《雪車》《冰柱》」、「蘭騷蕙些」等；這些對偶句套有其他詞格。在史達祖詞中，這些異常工整的本句對，表現了他在語言運用上的高度技巧，極大地提高了詞的藝術表現力。

二、鄰句對

鄰句對，即常見的上下聯構成的對偶句，這種鄰句對在史達祖詞中有三言、四言、五言、六言、七言對五種。

三字對偶句：「柳枝愁，桃葉恨」（《祝英台近》）、「情思亂，夢魂浮」（《鷓鴣天》）、「人扶醉，月依牆」（《夜合花》），以上這些對偶句，並用了「擬人」辭格。「憐牛後，懷雞肋」（《滿江紅》），二句均用典。餘如「綰流蘇，垂錦綬」（《祝英台近·薔薇》）、「落花深，芳草暗」（《祝英台近》「落花深」）、「花活計，酒因緣」（《阮郎歸「龍香吹袖白藤鞭」》）、「香入夢，粉成塵」（《阮郎歸·月下感事》），如此等等，都是工整的對偶句。

四字對偶句：史達祖詞中的四字對偶句，最爲豐富和精彩。在這些對偶句中，有純粹的對偶句，也有帶領字的對偶句，因爲領字在詞中統攝數句，單獨成意，可以略而不計。這種對偶句在史達祖詞中有40餘對之多，僅擇其要者，介紹如下：

在對偶句中兼有「擬人」辭格的，如「做冷欺花，將煙困柳」

（《綺羅香》）、「草腳愁蘇，花心夢醒」（《東風第一枝》）、「墜絮孳萍，狂鞭孕竹」（《慶清朝》）、「柳鎖煙魂，花翻蝶夢」（《夜合花》）、「暖雪侵梳，晴絲拂領」（《齊天樂》）、「江樓梅愁，灞陵人老」（《龍吟曲》）、「春風模樣，霜月心腸」（《瑞鶴仙》），都極為精彩。「做冷欺花」一聯，為評論者所艷稱。其實後六者也很生動，並富有韻味。

「秦台吹玉，賈袖傳香」（《眼兒媚》），用了典故；「畫裏移舟，詩邊就夢」（《齊天樂》）、「採香南浦，翦梅煙驛」（《秋霽》），這兩聯有著盎然的詩意；「竹杖敲苔，布鞋踏凍」（《龍吟曲》）、「但鳳音傳恨，閒影敲涼」（《玉簟涼》），兩聯中的敲字極煉；「望舟尾拖涼，渡頭籠暝」（《齊天樂》），用字十分工巧。

五字對偶句：「莫教無用月，來照可憐宵」（《臨江仙》）、「向來簫鼓地，猶見柳婆娑」（《臨江仙》）、「燕子不知愁，驚墮黃昏淚」（《海棠春令》），這三聯都是流水對；「瘦應緣此瘦，羞亦為郎羞」（《臨江仙》），這聯上下句首尾字同，起到特別的強調作用；「亂雲天一角，弱水路三千」（《風流子》）、「花徑無雲隔，苔垣只夢通」（《南歌子》）、「一燈人著夢，雙燕月當樓」（《臨江仙》）、「籠茸餿暖雪，瑣細雕晴月」（《菩薩蠻》）、「棹橫春水渡，人憑赤欄橋」（《臨江仙》）、「倚風融漢粉，坐月怨秦簫」（《換巢鸞鳳》），這六個聯句，都很有特色。

六字對偶句：「已向冰奩約月，更來玉界乘風」（《西江月》），此兼有層遞辭格；「西月澹窺樓角，東風暗落簷牙」（《西江月》）、「指嫩香隨甲影，頸寒秋入雲邊」（《西江月》）、「草腳青回細膩，柳梢綠轉苗條」（《臨江仙》）、「歸夢有時曾見，新恨未肯相饒」（《臨江仙》）、「閉門明月關心，倚空小梅索句」（《東風第一枝》），以上五聯兼用擬人格；餘如「一片秋香世界，幾層涼雨闌干」（《西江月》）、「酒喚詩來酒外，人言身在人間」（《西江月》）、「借重玉樓沉柱，起予石鼎湯聲」（《風入松》）、「裙褶綠羅芳草，冠梁白玉芙蓉」（《西江月》）等四聯，都是極為工整的對偶句。

七字對偶句：「香波碾花嬌有意，綠茸繡葉澀無光」（《浣溪沙》）、

「半窗月印梅猶瘦，一律瓶笙夜正常」（《鷓鴣天》），二聯兼用擬人辭格；「帽簷塵重風吹野，帳角香銷月滿樓」（《鷓鴣天》）、「激氣已能驅粉黛，舉杯便可吞吳越」（《滿江紅》）、「雨前濃杏尙娉婷，風後寒梅無顧藉」（《玉樓春》）等三聯，都是很好的對偶句。

三、隔句對

隔句對也叫扇面對，在史達祖詞中的句對，有三三句式、三四句式、四四句式三種形式。

三三句式：「光直下，蛟龍穴；聲直上，蟾蜍窟」（《滿江紅》），僅此一聯。

三四句式：「驚粉重、蝶宿西園，喜泥潤、燕歸南浦」（《綺羅香》）、「青未了、柳回白眼，紅欲對、杏開素面」（《東風第一枝》）、「泥私語、香櫻乍破，怕寒夜、羅襪先知」（《步月》）、「漏初長、夢魂難禁，人漸老、風月俱寒」（《玉蝴蝶》）、「正依約、冰絲射眼，更荏苒、蟾玉西風」（《步月》）、「臨斷岸、新綠生時，是落紅、帶愁流處」（《綺羅香》），六聯均用擬人辭格；「今夜覓、夢池秀句，明日動、探花芳緒」（《東風第一枝》），此聯兼用典。

四四句式：「籍吟箋賦筆，試融春恨；舞群歌扇，聊應因緣」（《風流子》）、「想霧帳吹香，獨憐奇俊；露杯分酒，誰伴嬋娟」（《風流子》）、「恨東風巷陌，草迷春恨；軟塵庭戶，花誤幽期」（《風流子》），這三個聯句，除了前面一個領字外，構成工整的扇面對，且都兼用擬人辭格。「還因秀句，意流江外；便隨輕夢，身墜愁邊」（《風流子》）、「入耳舊歌，怕聽琴縷；斷腸詩句，羞染烏絲」（《風流子》），這兩聯扇面對，也兼用擬人辭格。

史達祖詞中對偶句的運用，極大地提高了詞的藝術表現力，有以下三個特點：

首先，他以刻楮削棘的手段，不僅使各類對偶句巧奪天工，而且在對偶句中往往伴有其他辭格，如擬人、用典等，使其更生動，更奇

妙，藝術表現力更強。

其次，詞中的句式駢散交錯，凝煉流暢，富於文彩。讀起來順口，聽起來悅耳，且有「記憶匪難，諷誦易熟」的效果。

第三，它通過詞語相對的結構形式，把內容不同的意象組合在一起，從而增大了詞的語言所反映的時空跨度，並從不同角度提供了多種鏡頭，使讀者在豐富的聯想中，進入一個更美妙的藝術境界。

總之，在詞中對對偶辭格的運用，「使內容表達得更為鮮明、深刻、有力，在形式上顯得勻稱、和諧，給人以勻稱美、音樂美的享受。」（王占福《古代漢語修辭學》）

盧祖皋的小令詞

　　盧祖皋（1173？～1223？），字申之，又字次夔，號蒲江，永嘉（今屬浙江）人。慶元五年（1199）進士，嘉定十一年主管刑、工部架閣文字，歷遷秘書省正字、校書郎、著作郎、將作少監、權直學士院。卒於官。有《蒲江詞稿》，存詞 96 首。

　　關於盧祖皋詞，南宋張端義說：「蒲江盧申之祖皋，貌宇修整，作小詞纖雅。」〔註1〕周濟也說：「蒲江小令，時有佳趣。長篇則枯寂無味，此小才也。」〔註2〕今之宋詞論者，也都重視其小令，給予佳評；而對他詞中的中長調，則不甚看好。其實，對於他的長調詞，也不能一筆抹殺。如《賀新郎》「挽住風前柳」，就頗得古人的好評。宋人黃昇曰：「無一字不佳。每一詠之，所謂如行山陰道中，山水映發，使人應接不暇。」〔註3〕陳廷焯謂：「起筆瀟灑，亦突兀。」「『猛拍』，妙。有神境，有悟境。」〔註4〕又如《倦尋芳》「香泥壘燕」，碧痕則謂「詞意纖濃，風情旖旎，誠宋人中不可多得之作。」

〔註1〕　《貴耳集》，引自吳熊和《唐宋詞匯評》（兩宋卷）第 2982 頁，浙江教育出版社，2004。

〔註2〕　周濟《介存齋論詞雜著》第 10 頁，人民文學出版社，1959。

〔註3〕　魏慶之《中興詞話》，引自唐圭璋《詞話叢編》第 214 頁，中華書局，1986。

〔註4〕　《放歌集》卷二，引自吳熊和《唐宋詞匯評》（兩宋卷）第 2989 頁，浙江教育出版社，2004。

〔註 5〕限於本文的論題，對於他詞中的中、長調之優劣，姑且存而不論。

　　小令詞盛行於唐五代和北宋前期，自漫詞興起後，則逐漸衰落，作小令者漸次減少。到了南宋，文人學士競作長調，爭奇鬥巧，刻意鍛煉，而於小令則不甚重視，喜作小令詞者亦很少，而擅長小令者幾稀。誠如任二北所說：「令為唐五代時歌唱極盛之體，至南宋作者較少，歌者亦不重視，此乃詞樂變遷之所致也。」〔註6〕在盧祖皋現存96 首詞中，竟有小令 50 首。其數量之多，在全部詞中所占比例之大，在南宋詞人中還是少有的。他的詞作所擅長的是小令，詞風纖雅婉媚，誠為一時之傑。故特論之如次。

一

　　盧祖皋之小令詞，承唐五代北宋之遺緒，多寫艷情，筆姿優美，細膩真實。抒幽怨纏綿之情，惻惻動人。風格婉媚纖雅，意境清新，頗有藝術魅力。如《謁金門》：

　　　　風不定，移去移來簾影。一雨林塘新綠淨，杏梁歸燕
　　並。　　翠袖玉屏金鏡，日薄綺疏人靜。心事一春疑酒病。
　　鳥啼花滿徑。

此詞寫閨中人的孤寂與苦悶，刻劃頗為生動細膩。請看：春風和煦，珠簾晃動，影影綽綽，她深切地感到了春的氣息。剛剛下了一陣雨，使本來就鮮活嫩綠的林塘草木，變得更為潔淨。此處一個「淨」字，將雨後草木鮮茂、潔淨、一派生氣勃勃的景象，表現無餘。燕子雙雙對對的歸巢，她由此想起遠人的遲遲不歸，使其空守閨閣的孤寂感更為強烈。上闋寫景，通過生活環境的細膩描寫，真實細膩地寫出了人物生存的特定環境。下闋則重在寫人：那位穿著翠袖的玉人，斜倚碧

〔註5〕　《竹雨綠窗詞話》，引自朱崇才《詞話叢編・續編》第 2254 頁，人民文學出版社，2010。
〔註6〕　《南宋詞之音譜拍眼考》，引自王小盾、楊棟《詞曲研究》第 93 頁，湖北教育出版社，2004。

玉屏風，對著黃亮光潔的銅鏡，仔細地端詳。看到消瘦的面影與病快快的身軀，不免憂思重重。哪有什麼病酒，只不過是重重心思將人折磨得十分憔悴罷了。此時鳥鳴似啼，落花滿徑，日薄西山，周圍一片靜寂，這景象更使她索寞難耐，愁苦難忍。此詞蘊藉委婉，令人欣賞不置。

又如《望江南》：

> 疏雨過，芳節到戎葵。纏臂細交紋線縷，稱身初試碧綃衣。閒步小亭池。　　花下意，脈脈有誰知。試把花梢和恨數，因看胡蝶著雙飛。凝扇立多時。

此詞寫了這樣的情境：一陣小雨過後，園子裏的戎葵顯得生機勃勃，格外誘人。她經過一番精心的打扮，似乎很悠閑地站在小亭池邊，細細地觀賞雨後的園景。其實她情思脈脈，意緒綿綿，又有誰理解她的心事呢？她數著花稍剛開的花，數著心中產生的離恨，無奈而又索寞無聊。看到蝴蝶雙雙飛舞，她情不自禁地感到孤單、冷寂，站著，站著，拿著扇子，無意識地扇著。想到自己的處境與身世，不免發呆。此詞以景托情，寫得婉秀淡雅，柔媚多姿。行文剔透玲瓏，寫情不溫不火，是一首極美的婉約詞。餘如《清平樂》「鏡屏開曉，寒入宮羅峭。脈脈不知春又老。簾外舞紅多少。　　舊時駐馬香堦。如今細雨蒼苔。殘夢不堪重理，一雙胡蝶飛來。」《菩薩蠻》「翠樓十二闌干曲。雨痕新染蒲桃綠。時節又黃昏。春風深閉門。　　玉簫吹未徹。窗影梅花月。無語只低眉。閒拈雙荔枝。」都寫得意緒脈脈，蘊藉含蓄，是情致極佳的小令詞。

　　唐五代北宋之小令詞，詞人或應樂人之請而作，或為酒筵舞榭的即興，一般都寫得蘊藉含蓄，玲瓏剔透。自柳永、周邦彥等寫慢詞長調以來，詞人填詞則刻意求工，錘字煉句，注重章法結構，尋覓典故，匠心獨運。他們不屑於在小令上狠下功夫，小令之作漸衰。因此，到了南宋，小令詞的創作數量大大減少，其創作質量也有所下降：玲瓏剔透之作不多，靈妙之作大為減少，但也不乏少數傳誦

或精絕之作。盧祖皋創作的小令詞頗多，質量上乘，風格柔和旖旎，婉雅動人。雖不能說是對小令詞創作的大力振興，但卻確實寫出了一些可讀的、甚至值得擊節讚賞的小令詞，使當時詞壇的小令創作，略有起色。

二

警句是小令的生命線。一個警句能激活全詞而使之神采飛動，韻味悠長。詞論家劉體仁謂：「惟片言而居要，乃一篇之警策。詞有警句，則全首俱動。」〔註7〕盧祖皋之小令，有許多俊語、警句，使其詞流麗雋永，一往情深。談到盧祖皋詞中之警句，毛晉曾說：蒲江詞「余喜其『柳色津頭泫綠，桃花渡口啼紅。』較之秦七『鶯嘴啄花紅溜，燕尾點波綠縐』不更鮮秀耶？又『玉簫吹未徹，窗影梅花月。無語只低眉，閒拈雙荔枝。』直可步趨南唐『孤枕夢回雞塞遠，小樓吹徹玉笙寒』矣。至如『江涵雁影梅花瘦』，『花片無聲簾外雨』云云，蓋古樂府佳句也。」〔註8〕毛晉稱讚的，都是盧祖皋詞中精警的極富於表現力的句子。其中除了「江涵雁影梅花瘦」為長調《賀新郎》中的佳句外，其餘七句，則分別見於他的小令《烏夜啼》、《菩薩蠻》、《謁金門》。可見，在他的小令詞中，值得稱道的佳句是很多的。我們也無妨拈出他詞中的一些佳句，略作分析，以見其用語之妙。

「燕語明如翦」（《清平樂》「柳邊深院」），以「明」狀燕語，已是難得；而又以利剪刀剪物的清脆聲寫燕語之唧嚦好聽，則更為奇妙。它將燕子清脆而響亮的叫聲，寫神了，寫活了。這燕語的叫聲使人感覺是清晰的、美妙的，語意是朦朧的、豐厚的，也難作確切的闡釋。這樣的句子，只能讓我們反複吟誦體會罷了，似也不必追

〔註7〕　《瑤華集詞話》卷二，引自朱崇才《詞話叢編·續編》第612頁，人民文學出版社，2010。
〔註8〕　毛晉《蒲江詞跋》，引自毛晉《宋六十名家詞》（十四）第5頁，商務印書館，中華民國二十二年。

求準確的闡釋。如果硬要把它說得很確切，恐難免「呆詮」之譏。餘如「冰柱亂敲寒玉」（《謁金門》）的敲字，「一雨林塘新綠淨，杏梁歸燕並」（《謁金門》）的「淨」與「並」，「衣上淚。誰堪寄。一寸妾心千里」（《更漏子》）的「寄」，都是含意豐厚妙不可言的。當然，這些句子在詞的整體表現上，也是渾然秀美的。

這種蘊含豐富、語意精妙的詞句是極多的，我們無妨再抄一些，以資鑑賞。

> 簟冷捲風漪，髻滑拋雲縷。（《卜算子》）
>
> 朔風凝冱，不放雲來去。（《清平樂》）
>
> 昨日翠蛾金縷，今夜碧波烟渚。（《謁金門》）
>
> 玉腕籠紗金半約。睡濃團扇落。（《謁金門》）
>
> 霜月解隨人，不解將疏影。（《卜算子》）

這些秀美、淡雅的警句，巧妙地運用了一些修辭手法，使其言簡意豐而又富於神韻。自然雅致，不見痕迹。從而使某些小令，直可與秦觀、晏幾道之小令詞媲美。雖然，盧祖皋有些詞句之秀美，似有些纖巧、細弱，誠如薛礪若所說：「但其秀美正於極弱細中現出。」〔註9〕總之，諸多警句俊語的出現，使其小令詞更為精采。從而有餘音裊裊，一唱三嘆之妙。

三

詞的小令，最講究結句。結句寫好了，對小令之短小的篇幅似乎是一個無形地延長，有悠然不盡之妙，讀後回味無窮。對於詞的結句，詞論家頗為關注，並作了一些深入地研討。結句的特點、技法、意蘊，都有一些特殊的審美要求。沈義父云：「結句須要放開，含有餘不盡之意，以景結尾最好。」〔註10〕李漁則說：「蓋主司之取捨，全定於終篇之一刻，臨去秋波那一轉，未有不令人銷魂欲絕者

〔註9〕　薛礪若《宋詞通論》第285頁，開明書店，民國三十七年。
〔註10〕　《樂府指迷》，引自唐圭璋《詞話叢編》第279頁，中華書局，1886。

也。」〔註11〕總之,結句要餘味無窮,讀後似覺繞梁之音不絕於耳才好。這些要求,是就所有詞作而言的,然他完全適於小令,卻是毋庸置疑的。何況小令篇幅短小,作者本來就惜墨如金,故於結尾處,就往往十分著力,要寫得更爲精美而自然,使之韻味無窮。從而引人思索,耐人咀嚼,形成極強的藝術感染力。盧祖皋的小令,很講究結句的技巧,因此收到了極好的藝術效果。例如:

  殘夢不堪重理,一雙胡蝶飛來。(《清平樂》)

這位「脈脈不知春又老」的閨婦,正在整理「殘夢」。日有所思,夜有所夢,也許她在思索著夢中恍惚與丈夫團聚的情景,「好夢留人醉」,她深深地體味著這種恍惚甜蜜了的一刹情境,忽然「一雙胡蝶飛來」,卻才警覺到團聚之美夢已醒,自己仍是身隻影單。於是,對在外良人的思念更爲強烈。「一雙胡蝶飛來」,是加倍的寫法;對其身隻影單既是一個反襯,又似乎預示著她與親人的即將團聚,寫出了她熱切期待與無限迷茫的複雜情緒。

  又如:

  喚取雪兒對舞,看她若箇輕盈。(《清平樂·庚申中吳對雪》)

這句詞本來是說喚來空中的雪花與柳絮對舞,看雪花與柳絮那個更輕盈、更美好。實則一語雙關,是說喚來擅長歌舞的雪兒與飄飄似舞的雪花對舞,比個高下,看誰的舞姿更美、更輕盈。又如:「好夢無憑窗又雨,天涯知幾許?」(《謁金門》)團聚的好夢本來就是靠不住的,又逢淅淅瀝瀝的細雨,更爲惱人。何況,所思又在天涯海角,無比遙遠。惆悵迷惘之情,情何以堪!

  盧祖皋小令類似這樣意味深長的結句,不勝枚舉。

  誰家拂水飛來燕,惆悵小樓東。(《烏夜啼》)

  人北去,燕南征。滿庭秋草生。(《更漏子》)

  想見江南萬斛愁,雲臥衣裳冷。(《卜算子·憶梅花》)

  無語只低眉,閒拈雙荔枝。(《菩薩蠻》)

〔註11〕 《窺詞管見》,引自唐圭璋《詞話叢編》第 555 頁,中華書局,1986。

如此等等，都是以景結尾，寫得警拔、俊美，多有餘味。讀後仍覺嘹亮之聲不絕於耳。

四

盧祖皋的小令，在詞史上有較高的地位。現代著名的詞家張伯駒評《謁金門》「風不定」云：「妙有禪境，張子野『三影』不能專美於前矣。」〔註12〕他的許多小令，都可作如是觀，即能步趨前賢、媲美歐、張；但卻未能逾越前賢，獨張一幟，也不能不使人感到深為遺憾了。

小令創作在北宋已發展到了很高的水平。歐陽修、張先、晏殊、秦觀、晏幾道、李清照都以寫閨情見長，擅作小令，深情婉致，描寫殆盡，並達到了無以逾越的高峰。後來的作者，縱有孫行者七十二變化之本領，終難逃出如來佛的掌心。縱觀中國詞史，歷南宋、元明清諸朝，小令之創作，未有逾越北宋而能自立者。盧祖皋之小令創作能夠步趨前賢、媲美歐、張，其成就也是值得自豪的了。

〔註12〕 《叢碧詞話》，引自吳熊和《唐宋詞匯評》（兩宋卷）第2984頁，浙江教育出版社，2004。

論吳文英詞中的小令

　　清代詞論家謝章鋌云：「北宋多工短調，南宋多工長調。」〔註1〕
這是對兩宋詞體發展趨勢的準確概括。南宋詞體以長調爲主，也以長
調爲工。詞論家論南宋詞，自然瞄準了長調，論其家數，較長論短；
而對創作數量少、不占主流位置的小令，則留心不夠。清末諸名家論
吳文英詞亦然。陳廷焯《白雨齋詞話》贊揚了小令《點絳唇·試燈夜
初晴》，周濟《宋四家詞選》選吳文英詞 22 首，僅有小令 2 首；朱祖
謀《宋詞三百首》選吳文英詞 25 首，其中有小令 4 首，他們雖則給
吳詞小令以一定的位置，但顯然重視不夠。誠然，吳文英一生聚精會
神地寫了大量的長調，表現了突出的藝術個性；但同時也寫了許多十
分優美的小令。據我統計，《夢窗詞》中有小令 93 首，占其全部詞作
的七分之二，值得重視。

　　談到詞的小令，宋代的詞論家張炎曾說：「詞之難於令曲，如詩
之難於絕句，不過十數句，一句一字閒不得。末句最當留意，有有餘
不盡之意始佳……吳夢窗亦有妙處。」〔註2〕張炎批評吳文英詞「質
實」，「如七寶樓台，眩人眼目，碎拆下來，不成片段。」〔註3〕而對

〔註1〕　《賭棋山莊詞話》卷十二，唐圭璋《詞話叢編》第 3470 頁，中華書
　　　　　局，1986。
〔註2〕　夏承燾《詞源注》，第 25 頁，人民文學出版社，1963。
〔註3〕　夏承燾《詞源注》，第 16 頁，人民文學出版社，1963。

其小令卻頗有好感，並予以適當地肯定，這是值得我們深思的。當代抨擊吳詞最力的詞學專家胡雲翼與吳世昌先生，對其小令，卻頗為贊賞。胡雲翼以為吳文英詞的創作，直是宋詞的「劫運」，談到小令詞則云：「平心而論，吳夢窗雖是顯著的古典派，但他的詞也不只限於雕琢與堆砌，也有描寫活潑的作品，也有用白話創作的詞。」並舉《唐多令》「何處合成愁」、《浪淘沙》「燈火雨中船」、《西江月·青梅枝上晚花》、《思嘉客》「迷蝶無蹤曉夢沉」為例，並說：「夢窗這一類的詞完全脫下了古典的衣裳，成為很清蔚的小詞，可惜這類詞在《夢窗四稿》裏面，只占百分之三四的統計，未免太稀少了。」〔註4〕被其特別贊賞的這四首詞，除《唐多令》「何處合成愁」屬中調外，其餘三首都是小令。吳文英「很清蔚的小詞」，也絕不止這幾首，而是多多。吳世昌云：「夢窗詞，其甲乙稿中長調殆不可卒讀，亦不必讀。丙丁稿中小令，時有雋永可讀之作，惜為其長調所掩。」〔註5〕可見，論吳文英詞的人往往是讚小令者厭其長調，捧長調者不及小令。他們對吳詞中長調與小令的評價，似有些南轅北轍。竊以為吳文英詞的小令與長調的創作，有其不同的創作路數，因之出現了幾乎迥異的風調，這是值得研究的。吳文英詞的長調因其結構特殊與僻典的運用，詞風雕琢而晦澀，而小令則用了明白曉暢的語言，甚或用了白描的手法，風格一般都質樸、疏快，其中也不乏雋永含蓄與玲瓏剔透的篇章。由此可見，小令詞是吳文英詞中與其長調詞格調迥異的另類，應該與長調分別研究。

一

吳文英的小令詞，也曾受到五代、北宋詞的影響。木齋先生在其《宋詞體演變史》中，對此有頗為剴切的論述。他說：《望江南》「三月暮」「讀此詞作，令人感到夢窗之學溫韋的一面」，《浪淘沙》「燈火

〔註4〕　《胡雲翼說詞》，第 150、151 頁，華東師範大學出版社，2004。
〔註5〕　《詞林新話》，第 261 頁，北京出版社，1991。

雨中船」「分明是學李後主同調之『簾外雨潺潺』，《點絳唇》「時靄清明」「則有著濃鬱的晏歐風範」〔註6〕。這些意見都是很中肯的。可見，吳文英的小令詞，受五代、北宋詞的影響是實實在在的。但比起五代、北宋詞來，他的詞仍多有創新，並形成了鮮明的藝術特色。

首先，以詞的內容看，吳文英的小令詞，似乎是不大關注現實的。其實他的小令詞在骨子裏，卻浸透了士人的沉鬱情感與對國家前途命運的憂患意識，滲透了對當時社會現實無可奈何的情緒。這一點與北宋小令詞是大異其趣的，以此表現出思想內容的深厚與藝術上多有創新的特色。

吳文英的小令詞，沒有北宋詞人那種濃鬱的享樂思想，也沒有那種對富貴豪華生活的張揚，而有一種隱約的憂患意識與不得志的牢愁。這種意識與牢愁，在他的一些詞裏，或隱或顯的有所表露。譬如：

> 新夢遊仙駕紫鴻，數家燈火灞橋東，吹簫樓外凍雲重。
> 石瘦溪根船宿處，月斜梅影曉寒中。玉人無力倚東風。

（《浣溪沙·仲冬望後，出迓履翁，舟中即興》）

> 疏桐翠井早驚秋。葉葉雨聲愁。燈前倦客老貂裘。燕去柳邊樓。　　吳宮寂寂空煙水，渾不認、舊采菱洲。秋花旋結小盤蚪，蝶怨夜香留。（《月中行·和黃復庵》）

這兩首詞都是酬應詞。前者是在十月十五日後，出迎吳潛時舟中即興之作。「吹簫樓外凍雲重」，借用典故，寫其有如伍子胥一樣，吹簫樓外的失意潦倒，含蓄委婉。「凍雲重」是在對自然景色的寫實中，營造了濃鬱的政治氛圍，一語雙關，表現出詞人頗為濃厚的沉壓之感。質言之，詞人是有感於現實政治環境的沉壓，是對「山雨欲來風滿樓」、國將不國而統治階級與士大夫卻仍在醉生夢死，不想也無法挽回這種頹勢而發的。後者在和詞中，既有「燈前倦客老貂裘」，對個人落魄境況的抒寫，又有「吳宮寂寂空烟水」的畫面展示，在

〔註6〕　《宋詞體演變史》，第308頁，中華書局，2008。

歷史的詠嘆中蘊含著對現實社會頗為深沉的政治感受，有著濃濃的興亡之感。兩首詞在表面上都頗為超逸，這是詞人橫逸的才情所致。誠如陳廷焯所說：「其實夢窗才情超逸，何嘗沉晦？夢窗長處，正在超逸之中見沉鬱之意。」〔註7〕這兩首詞，正是在表面的超逸灑脫之中，隱隱深藏著沉鬱之情，表現了詞人對現實前途的深深的憂慮。因而內容厚實，感情深沉，具有較強的社會意義。又如《西江月‧登蓬萊閣看桂》：「清夢重遊天上，古香吹下雲頭。簫聲三十六宮愁，高處花驚風驟。　　客路宿情不斷，闌干晚色先收。千山濃綠未成秋，誰見月中人瘦。」這首詠物詞，處處詠桂，處處有感慨，所表現的感情頗為豐富複雜：詞人將感懷、憶舊、傷逝多種感情與詠物融為一體。聯繫當時南宋國家面臨的岌岌可危的嚴峻形勢，也不排除詞人有對國事的某種憂慮之思。總之，吳文英詞的一些小令中，隱隱約約的有著對現實濃鬱的隱憂情緒的透露。作為婉約派詞人，這是對他們恪守的詞為小道、詞為艷科規範的一種反叛，在對詞的異化中提昇了詞的社會意義。

　　其次，像北宋詞人一樣，吳文英也寫了許多情詞。但他不像北宋詞人與歌伎戀情的那種浪漫，或竟是遇艷的逢場作戲，調笑玩樂，而是飽含著對情愛的深厚與執著。對情侶感情的深摯與淳真，是吳文英情詞最突出的特色。吳文英蓋在蘇、杭兩地，先後有兩個戀人。與蘇姬同居過較長一段時間，後來卻在不得已中讓她離去；杭姬則在與他熱戀中死去。為此他寫了許多戀情詞，他對她倆都是癡迷情深，對蘇姬尤為執著而癡情，在其詞中，對她表現了深切的思念與對「放燕」的無限追悔，表現出對她執著而深厚的感情。這種感情在其小令詞中，也是屢見不鮮的。如《夜行船‧寓化度寺》：

> 鴉帶斜陽歸遠樹，無人聽、數聲鐘暮，日與愁長，心灰香斷，月冷竹房扃戶。　　畫扇青山吳苑路。傍懷袖、夢飛不去。憶別西池，紅綃盛淚，腸斷粉蓮啼露。

〔註7〕　《白雨齋詞話》，第33頁，人民文學出版社，1959。

此詞寫他寓居化度寺思念蘇姬的傷感心緒，表現了他對蘇姬的深厚感情。上闋寫景，展示了一個異常孤寂的環境，爲下闋的抒情營造了一個很好的氛圍；下闋寫情，由曾傍懷袖的畫扇而睹物思人：「憶別西池，紅綃盛淚，腸斷粉蓮啼露。」「西池」是他與蘇姬在蘇州多次幽會並爲最後離別分手的地方。吳文英在其詞中，每每寫到「西池」，「西池」可以說是我們解讀吳文英戀情詞的一個坐標。他之與蘇姬終於最後分手，是爲形勢所迫而非自我心甘情願。提到「西池」，這既有幸福的憶念，又含有最後訣別之隱痛，所以就特別傷感，難以自抑。「紅綃盛淚」，一個「盛」字，見其淚水之多，苦痛之深，眞是生離死別，肝腸欲斷，那粉蓮上的露珠，也似乎是詩人痛哭流涕所致。這裏詞人用了移情手法，是以粉蓮之啼露，映襯並抒寫二人分離之悲痛。吳文英是一位非常多情的詞人，而對生離死別的愛情，又有著切身的經歷與體會。所以，當其行之筆端時，才是那樣纏綿俳惻，那樣眞切感人。那種幽怨感傷痛斷肝腸的感情抒寫，令人心靈爲之震顫。

又如《點絳唇》：

　　　時霎清明，載花不過西園路。嫩陰綠樹，正是春留處。
　　　燕子重來，往事東流去。征衫貯，舊寒一縷。淚濕風
　簾絮。

此詞上闋由現實入筆，回憶昔日與蘇姬在西園附近的綠樹陰中聚會，今日則是春留人不來。下闋感嘆蘇姬遠去天涯，即便是燕子重來，也是樓去人空。「淚濕風簾絮」，表現了對往來的無限感傷情緒。由於對蘇姬的思念，他對往事的感傷情緒，在其詞中時有流露。「落絮無聲春墮淚，行雲有影月含羞。東風臨夜冷於秋。」（《浣溪沙》「門隔花深夢舊遊」）「音塵斷。畫羅閒扇。山色天涯遠」（《點絳唇》「推枕南窗」）都是。餘如《浣溪沙》「波面銅花冷不收」、《點絳唇·試燈夜初晴》，都是憶姬之作，而所表現的感情摯愛纏綿，無限的悵惘之情，流注於筆端。總之，他的戀情詞，寫得感情眞摯深厚，毫無輕率與傷薄。執著深厚，是其戀情詞的重要特色。

二

　　吳文英的小令詞，形成自己特有的詞風，可謂別具一格，個性特色是比較突出的。

　　第一，吳文英的小令詞如胡雲翼所說，有一些「很清蔚的小詞」，這些詞是以白描為主，但也偶用常見典故。它既不晦澀，並因常用典故的運用，增加了詞的含量，詞少意多，語言流暢。蔡嵩雲謂：夢窗「漫詞極凝煉，令曲卻極流利」〔註8〕誠然如是。《桃源憶故人》，就是一首很流利的詞：

　　　　越山青斷西陵浦。一片密陰疏雨。潮帶舊愁生暮。曾折垂楊處。　　桃根桃葉當時渡，嗚咽風前柔艣。燕子不留春住。空寄離檣語。

這是一首以調為題的詞，是為憶念蘇姬之作。上闋是寫對蘇姬的深切憶念：前三句寫景蓄勢，第四句點出題旨——這是當年分離的地方，由此而引起對蘇姬深情地憶念。詞人是非常善於煉字的，用「斷」、「密」、「疏」、「愁」、「暮」，已將情字烘托而出。「曾折垂楊處」，是謂這就是當年我們分別之處，詞人不言情而情深，僅此一語，打開了憶念的閘門，情緒如濤波洶湧而出。下闋抒情，「桃根」二句是追憶分別時的情景，「桃根桃葉」係用典代指蘇姬，通俗而清雅。「嗚咽風前柔艣」，寫分離時的悲痛之狀，悲而以至泣不成聲。「燕子」二句，以景收尾，感情複雜，有愛有恨，愛怨交織。此詞風格疏快流暢，語言通俗而清雅。「曾折垂楊處」與「空寄離檣語」，都是字少意多，蘊含豐富，感情深沉之語。

　　其二，吳文英的小令詞，往往是在清疏中帶有一點瘦硬之風，這與其長調詞的密麗與質實都是大異其趣的。在他詞集中有七首《浣溪沙》，可以說是這類詞的代表。其硬未若黃庭堅詞之詞句那樣堅挺，也不像白石詞那樣清癯有神，只略似黃、姜詞風而又有所發展變化，顯現著自己獨特的風貌。譬如：

〔註8〕　《柯亭詞論》，唐圭璋《詞話叢編》第4912頁，中華書局，1986。

冰骨清寒瘦一枝，玉人初上木蘭時，懶妝斜立澹春姿。

月落溪窮清影在，日長春去畫簾垂，五湖水色掩西施。

（《浣溪沙·題李中齋舟中梅屏》）

仔細品味此詞，它既沒有北宋婉約詞那麼柔軟，也沒有溫庭筠詞那種濃得化不開的膩味做派，詞語有一定的力度，詞境畫面開闊，直覺得清爽挺拔。它既沒有黃詞之語句杈枒，也無白石之清瘦冰冷，仍覺溫潤可喜。以人之體形擬之，既無龍鍾之態，也無清癯之姿，體態是頗為精幹的。在這類詞中，他喜用「瘦」、「愁」、「秋」等字眼，感情淳真、深厚，語言爽利。餘如《點絳唇》「時霎清明」，無僻典，無險麗之詞，流宕清爽，語言疏快，也是略帶瘦硬風格的作品。

第三，其詞言有盡而意無窮，內容含蓄蘊藉，語言玲瓏剔透，讀起來極有韻味。這類詞蓋承五代、北宋詞之遺風而又有所發展。前文引木齋先生稱贊之三首小令詞即是。再如：

西風先到嚴扃，月籠明。金露啼珠滴翠，小銀屏。　　一顆顆，一星星。是秋情。香裂碧窗煙破，醉魂醒。（《烏夜啼·桂花》）

香莓幽徑滑。縈繞秋曲折。簾額紅搖波影，魚驚墜，暗吹沫。　　浪潤。輕棹撥，武陵曾話別。一點煙紅春小。桃花夢，半林月。（《霜天曉角》）

前者詠桂。上闋寫桂花由室外到室內，「金露啼珠點翠」一句狀桂花之形態極為傳神。下闋寫桂花開後的形貌、香氣，字裏行間流露出詞人的悲秋之情。後者無題序，題旨朦朧。然就詞人流露的情緒看，既有隱居的設想，又有悵惘之情。這兩首詞，極自然，極流暢，語言玲瓏，內容含蓄，都是引人入勝耐人尋味的篇章。《點絳唇·和吳見山韻》、《點絳唇·有懷蘇州》，都是頗有韻致的篇章。

三

吳文英的小令詞，注重造境，成功地運用了一些藝術手法，取得了一定的藝術效果。

　　第一，他在填詞時，善於煉意。諸如在形象的選擇、意境的錘煉等方面，是下了一番功夫的。因此詞的形象鮮明，意境優美。譬如《醉桃源‧贈盧長笛》：

　　　　沙河塘上舊遊嬉。盧郎年少時。一聲長笛月中吹。和雲和雁飛。　　　驚物換，歎星移。相看兩鬢絲。斷腸吳苑草淒淒。倚樓人未歸。

這是一首贈人之作，是給一位善於吹笛的朋友的。上闋回憶與盧年少時的交遊。盧擅長吹笛，他在月下吹一曲，聽了後使人飄飄欲仙，好像雲彩與大雁一樣在空中自由翱翔，自由自在，無拘無礙。詞句頗朦朧，因此給讀者以想像與理解的寬廣空間。下闋抒情，先寫別離時間之久，物換星移，兩人頭上都有了白髮。驚歎提頓，將這種感情表現得頗為強烈。末兩句，寫家裏人對盧的強烈思想。情深意濃，意味深長。此詞以時間言，從少年黑髮到現在兩鬢白絲；以空間言，從兩人相遇地點到盧郎家鄉，時空之跳宕跨度頗大。因此境界開闊，感情濃至深厚。字少意多，內容豐富。

　　其次，吳文英的小令詞是善於煉字的，他在詞的遣詞造句上非常考究，看似平平常常的話，卻經過千錘百煉，反復推求，而後寫定的。他把話說得那麼自然，那麼熨貼，毫不做作，也沒有爐錘的痕迹。這種文字表達上的硬功夫，不是隨隨便便或輕而易舉可以達到的，其詞中的一句話或一個字，往往給讀者留下了想像與聯想的餘地，又讓讀者有充分地補充藝術形象的廣闊空間。譬如《浪淘沙‧有得越中故人贈楊梅者，為賦贈》：

　　　　綠樹越谿灣，雨過雲般，西陵人去暮潮還。鉛淚結成紅粟顆，封寄長安。　　　別味帶生酸，愁憶眉山。小樓燈外楝花寒。衫袖醉痕花唾在，猶染微丹。

此詞鍛字煉句用筆狠重，從而改變了詞本身應具有的輕柔特色。如「鉛淚」、「封寄」、「生酸」、「花唾」等詞，都是狠重之筆，給讀者以極深刻的印象，宛若刻在腦內。但詞句熨貼，行文自然，毫無生

硬之感。

第三，詞人善於觀察，視覺銳敏，體物極細，從而表現了非常細膩的情思。詞，本來就是擅長表現細膩情思的文體，吳文英在一些小令中，將其細膩的情思表現得很突出。陳廷焯云：「夢窗精於造句，超逸處，則仙骨珊珊，洗脫凡艷；幽索處，則孤懷耿耿，別締古歡。……《點絳脣・試燈夜初晴》云：『情如水，小樓薰被，春夢笙歌裏。』又云：『征衫貯，舊寒一縷，淚濕風簾絮。』……俱能超妙入神。」〔註9〕被陳廷焯稱贊「超妙入神」的這些詞句，表現的感情是極為細膩的，又如「魚沬細痕圓，燕泥花唾乾」（《菩薩蠻》「綠波碧草長堤色」），二句體物極細，襯出閨中人之百無聊賴，對魚沬、燕泥卻特別專注，轉移情思，消磨時光。這些詞句，都表現出詞人寫詞時的情思細膩，用語精巧，很有特色。

〔註9〕　《白雨齋詞話》第34~35頁，人民文學出版社，1959。

讀《花外集》札記

一、王沂孫與李賀

周密《踏莎行‧題中仙詞卷》云「玉笛天津，錦囊昌谷」，連用兩個典故，表達他對王沂孫詞的賞識與評價。前者用明皇與葉法善遊月宮奏玉笛事，讚其詞音律之和諧美妙；後者用李賀外出覓詩背錦囊收詩稿事，言其詞創作似李賀寫詩一樣癡迷，並說明王沂孫填詞與李賀寫詩有某些相似之處。周密與王沂孫是關係密邇的詞友，當是中的之言，值得重視。那麼，王沂孫的詞與李賀的詩有什麼關係呢？王沂孫的另外一位詞友張炎，在其《瑣窗寒》「斷碧分山」中云：「形容憔悴，料應也，孤吟《山鬼》。」在《湘月》「行行且止」中云：「堪歎敲雪門荒，爭棋野冷，苦竹鳴山鬼。」前者用《山鬼》擬其詞作；後者言其居處荒涼，苦竹林中有山鬼的叫聲。無獨有偶，清人凌廷堪《踏莎行‧讀〈花外集〉即用碧山題草窗詞卷韻》亦云：「孤吟《山鬼》語秋心，鑑湖霜後芙蓉老。」也以《山鬼》擬其詞作。張炎、凌廷堪均以《山鬼》比擬王沂孫的詞作，引人深思。《山鬼》係《楚辭‧九歌》中的一篇，題材寫鬼，風格幽麗凄婉。李賀詩中有許多鬼的意象，借以抒其憂愁苦悶的幽怨之情；王沂孫詞中雖然沒有出現過鬼的意象，然其詞風凄婉，與《山鬼》頗有相似之

處。這說明李賀、王沂孫的創作均受《楚辭》影響，藝術淵源相一致。要之，二者在創作風格與題材選取上，確有某些相似。

李賀處於中唐之世，國勢日戚，危機四伏，誠如姚文燮所云：「外則藩鎮悖逆，戎寇交訌；內則八關十六子之徒，肆志流毒，爲禍不測。上則有英武之君，而又惑於神仙。」﹝註1﹞李賀是一位有理想有抱負的詩人，「看見秋眉換新綠，二十男兒那剌促」（《浩歌》），「憂眠枕劍匣，客劍夢封侯」（《崇義里滯雨》），他很想做個大官，從而在改變現實挽回國家危局上做出貢獻。然因在考進士時，受到競爭者的謗毀，而未能如願，這對試圖通過進士考試來實現政治理想的李賀，是一次致命的打擊。徹底斷絕了他飛黃騰達的道路，斷送了他的政治前程，只能做奉禮郎那樣的小官。生活自顧不暇，何預國家之大事？「臣妾氣態間，惟欲承箕帚」（《贈陳商》），這是他卑微的處境；他大聲疾呼「天眼何時開，古劍庸一吼」（《贈陳商》）。作爲李唐的宗室，他殷切希望重振大唐國威，再現盛世。面對這鬼蜮橫行，無權無勢，何以挽回？於是將其一腔憤懣，一寓之於詩。故其詩中充滿了幽淒苦悶之情，其詩情調悲涼淒苦，有著陰森的鬼氣。「衰蘭送客咸陽道，天若有情天亦老。攜盤獨出月荒涼，渭城已遠波聲小」（《金銅仙人辭漢歌》），以沉重有力的語言，抒發了懷遠傷離的淒苦感情。這種風格和情調，在李賀詩中很有代表性。

王沂孫早年生活於宋元易代之際，斯時蒙古族在北方崛起，先後消滅了金國和西夏，舉兵南侵，大兵壓境，而南宋朝政日昏，君臣仍醉生夢死，國家危殆，終於導致了南宋的滅亡。南宋滅亡之後，王沂孫作爲宋朝遺民，充滿愛國感情。他不甘作元朝的臣民，然大勢已去，又無可奈何，於是將一腔愛國之情感，一寓之於詞。因此，其詞淒婉哀怨。請看他的《水龍吟·海棠》：

﹝註1﹞ 《昌谷詩注自序》，引自王琦等《李賀詩歌集注》，第368頁，上海古籍出版社，1977。

世間無此娉婷，玉環未破東風睡。將開半歛，似紅還白，餘花怎比？偏占年華，禁煙縷過，夾衣初試。歎黃州一夢，燕宮絕筆，無人解，看花意。　猶記花陰同醉，小闌干、月高人起。千枝媚色，一庭芳景，清寒似水。銀燭延嬌，綠房留豔，夜深花底。怕明朝、小雨濛濛，便化作燕支淚。

陳廷焯評此詞云：「起筆絕世丰神。字字是痛惜之深，花耶人耶？吾烏乎測其命意之所至。纏綿嗚咽，風雨葬西施，同此淒艷。」〔註2〕其說極是。這是一首詠物詞，表面寫花，實則寫人，係以花喻人之作。情調如此淒婉哀怨，表現了詞人在異族統治下沉壓哀怨的心情，在詞中又不得不掩飾其老淚縱橫之態，只能將其一腔憤懣之氣，化爲幽怨淒惻之情，徐徐流出。他的其他詞，也寫得纏綿悱惻淒婉。陳廷焯評《慶宮春・水仙花》「淒涼哀怨」〔註3〕，王闓運評《高陽台・和周草窗寄越中諸友韻》爲「傷心語」〔註4〕，可見其詞寫得悲淒哀怨，這種情調，絕似李賀詩之淒涼幽咽。二者風神之相似，自不待言。

然李賀之詩與王沂孫之詞其風格仍有較大的差異。

李賀詩情調激楚，字裏行間，跳躍著憤激之情，甚或將一腔憤懣之情，噴湧而出，滿紙血淚。而王沂孫雖然感情憤懣，但在詞中感情卻顯得比較平和，不但無過分激楚之音，反倒有幾分飄灑。這種相對平和飄灑的風格，詞評家早已拈出。陳廷焯評《聲聲慢》「啼螿門靜」時說：「感慨淒惻之情，以飄灑之筆出之，絕有姿態。」〔註5〕評《南浦・春水》「寄慨處亦清麗閒雅」〔註6〕，評《水龍吟・落葉》「淒涼奇秀，屈宋之遺。」「此中無限怨情，只是不露，令讀者心怦怦焉」〔註7〕。這都指出，王沂孫其情幽怨，而其詞風飄灑、深厚，不似李

〔註2〕　吳則虞箋注：《花外集》，第36頁，上海古籍出版社，1988。
〔註3〕　陳廷焯：《白雨齋詞話》，第42，人民文學出版社，1959。
〔註4〕　唐圭璋：《詞話叢編》，第4290頁，中華書局，1986。
〔註5〕　吳則虞箋注：《花外集》，第102頁，上海古籍出版社，1988。
〔註6〕　吳則虞箋注：《花外集》，第13頁，上海古籍出版社，1988。
〔註7〕　吳則虞箋注：《花外集》，第38頁，上海古籍出版社，1988。

賀詩風格之鋒芒畢露。

　　總之，他們的作品都是時代感傷情緒的流露，但由於時代和詩人個性的不盡相同，他們的作品在風神相似的同時，又表現出若干不同的特點：李賀的詩是以淒怪出之，王沂孫的詞是以哀怨淒婉出之；李賀詩的情調有幾分淒戾，王沂孫詞的情調卻十分幽深；李賀之詩往往是破碎的錦片，王沂孫的詞卻是渾然一體光彩流溢的錦緞。兩人作品風格中這些明顯的差異，是因爲不同的社會環境、時代以及創作之個性使然。

二、王沂孫與周密

　　王沂孫與周密，都是宋末元初的愛國詞人。其詞風相近，交往密切，酬唱較多。

　　在《淡黃柳》題序中，王稱周爲丈。周比王可能大十多歲，他既是王的前輩，又是關係密邇的朋友，是忘年至交。他們互相有許多酬應詞，感情眞摯，是出自心底的聲音，是肺腑之言，而不是感情浮泛的應付。因此，這些詞是研究他們的重要資料。

　　首先，他們爲對方的詞，用了同一詞調各塡一詞，對對方的詞作了由衷的讚賞與恰當的評價。這可能是他們晚年所作，從詞題看，周、王對對方的詞很欣賞，能抓住詞的創作特點，作出公允、剴切的評價。我們先看王沂孫《踏莎行‧題草窗詞卷》：

　　　　白石飛仙，紫霞悽調，斷歌人聽知音少。幾番幽夢欲回時，舊家池館生青草。　　風月交遊，山川懷抱，憑誰說與春知道。空留離恨滿江南，相思一夜蘋花老。

陳延焯評云：「草窗詞清峭，得白石之妙，故歷言其品格。」又云：「南宋白石出，詩冠一時，詞冠千古，諸家皆以師事之。」〔註 8〕此詞先假用白石先生事，實指周密而言，以周密擬白石，給周詞以很高的評價。次以楊纜悽調，言周詞音律和諧，情調淒婉。二句言

〔註 8〕　吳則虞箋注：《花外集》，第 115 頁，上海古籍出版社，1988。

周兼有姜詞之高品與楊纘之嚴律。然曲高和寡，賞音寂然。況歸家
不得，隱寓國破家亡之恨。他的高潔的愛國精神，詞的高雅淒婉的
情調，未有知音，無人賞鑑。「相思一夜蘋花老」，傷其襟抱與處境。
此詞是對周密詞品與人品的的評。

周密《踏莎行·題中仙詞卷》云：

　　　結客千金，醉春雙玉，舊遊宮柳藏仙屋。白頭吟老茂
陵西，《清平》夢遠沉香北。　　　玉笛天津，錦囊昌谷。春
紅轉眼成秋綠。重翻《花外》侍兒歌，休聽酒邊供奉曲。

前闋寫其行為豪俠而又風流倜儻，惜老來鬱結而閑居，然懷想故國之
夢尚在。後闋說他有過風流蘊藉之經歷，且耽於詩思。現在可以重新
翻製侍兒們唱的歌以怡情悅意，不要聽供奉曲，以免引起無限的愁
思。即以此詞來看，周密不愧為碧山知音。

　　其次，周密與王沂孫各有五首與對方酬唱次韻的詞，如此數量多
質量高的酬唱詞在詞史上是少見的。這些詞主要是留別、送別之作，
也有弔梅或思友之什，其感情之深厚、真摯，詞調之風雅、醇美，都
是難以企及的。

　　王沂孫有《聲聲慢》「迎門高髻」，周密則有《聲聲慢·送王聖
與次韻》。蓋碧山首唱，周密倚聲而和之。如果說王詞是「一為留別，
且為尊前侑酒人而設」〔註9〕。「莫辭玉尊起舞，怕重來，燕子空樓」。
表面是對侑酒者的纏綿留戀，其實是抒發友朋別易會難的淒婉之
情。周密詞則在淒婉氛圍的描寫中，滲透了國事莫問、人世滄桑之
感。「對西風、休賦《登樓》」。以王粲的《登樓賦》抒發有家無歸、
有國難處的感傷之情。兩首詞都滲透了離亂的感傷情緒與國破家亡
之痛苦悲哀。在周密《三姝媚·送聖與還越》、王沂孫《三姝媚·次
周公瑾故京送別韻》，其中國破家亡之痛與離亂的感傷情緒表現得更
為突出，更為典型，真是沉痛之極。如周密詞云：「露草飛花，愁正
在、廢宮荒苑。」「一樣歸心，又喚起、故園愁眼」。王沂孫詞云：「總

〔註9〕　吳則虞箋注：《花外集》，第105頁，上海古籍出版社，1988。

是飄零，更休賦、梨花秋苑。」「彩袖烏紗，鮮愁人、惟有斷歌幽婉」。一種國破家亡、飄零無依之歎，躍然紙上。誠如陳廷焯所云：「同是天涯淪落，可勝浩歎。」〔註 10〕

他們寄贈友朋之作的酬唱詞有周密的《高陽台·寄越中諸友》、《高陽台·送陳君衡被召》，王沂孫的《高陽台·和周草窗寄越中諸友韻》、《高陽台·陳君衡遠遊未還周公瑾有懷人之賦倚歌和之》。前者充滿了對越中諸友的關切思念之情。周詞云：「感流年，夜汐東還，冷照西斜。」「問東風，先到垂楊，後到梅花」。王詞云：「江南自是離愁苦，況遊驄古道，歸雁平沙。」「更消他，幾度東風，幾度梅花」。在時光飛逝、流年暗換的哀嘆中，流露出對朋友的感念和關注。後者在思念陳君衡的背後，隱藏著對朋友政治節操的特別關注。周詞云：「東風漸綠西湖柳，雁已還，人未南歸。」王詞：「想如今，人在龍庭，初勸金卮。」「江雁孤回，天涯人自歸遲」。則在對陳政治節操殷切關注的同時，已有幾分責備了。從對朋友政治節操的特別關注與望之殷而責之切的情緒中，表現了他們高潔的政治情操與不苟且偷生的堅定立場。

第三，酬唱中的詠物之作，不是純粹的詠物詞，而是借物以擬人。周密有《獻仙音·吊雪香亭梅》，王沂孫有《法曲獻仙音·聚景亭梅次草窗韻》。周詞云：「無語消魂，對斜陽，衰草淚滿。又西泠殘笛，低送數聲春怨。」王詞云：「縱有殘花，灑征衣，鉛淚都滿。但殷勤折取，自遣一襟幽怨。」花耶？人耶？與其說是詠梅，毋寧說是兩位詞人幽怨感情的自然流露，抒發了詞人一時難以擬議的幽怨情懷。

另外，兩人還有一些懷念寄贈而非次韻之作，這有王沂孫的《淡黃柳》「花邊短笛」、周密的《憶舊遊·寄王聖與》。

王沂孫曾與周密在孤山、會稽、杭州三年三次聚會與分別，詞是周密從剡還，「執手聚別，且復別去」時寫的，「歎攜手，轉離索」，

────────

〔註 10〕 吳則虞箋注：《花外集》，第 69 頁，上海古籍出版社，1988。

這是當時真實的情懷，離愁別緒縈懷。「後夜相思，素蟾低照，誰掃花陰共酌」。這種纏綿的相思，這種殷切的企盼，可謂回腸蕩氣。

周詞上闋憶及去年的一次「移燈剪雨，換火籌香」的聚會，因係久別重逢，致使「乍見反疑夢」，親情依依，情味濃鬱：「向梅邊攜手，笑挽吟梫」、「飄零身世，酒趁愁消」，這是值得珍惜和憶念的聚會。後闋則寫其別後思念「天涯飄泊」的情景：「但夢繞西泠，空江冷月，魂斷隨潮。」寫國破家亡，到處流浪，飄泊無依的情景。如此等等，都表達了詞人特定時期的真實情懷。

總之，王沂孫與周密的酬唱詞，不是無謂的應酬，而是特定時間、特定環境下他們真實感情的自然流露，因此，有著深切感人的藝術力量。

三、淒婉之詞風

生活在宋元之際的王沂孫，將其一腔愛國之情化為幽怨之氣，滲透在詞的字裏行間，故其詞風格淒婉深厚。其《長亭怨·重過中庵故園》詞云：

> 泛孤艇、東皋過徧。尚記當日，綠陰門掩。屧齒莓階，酒痕羅袖、事何限。欲尋前跡，空惆悵、成秋苑。自約賞花人，別後總、風流雲散。　　水遠。怎知流水外，卻是亂山尤遠。天涯夢短。想忘了，綺疏雕檻。望不盡、冉冉斜陽，撫喬木、年華將晚。但數點紅英，猶識西園淒婉。

「但數點紅英，猶識西園淒婉」，孫人和校云：「『淒婉』，王本『婉』作『惋』，是也。」〔註11〕此用修辭學上之擬人格，言園中紅花，猶識淒婉。花都懂得淒婉，其人感情之淒婉自不待言。以淒婉之感情寫詞，其詞自然充溢著淒婉之情。此處詞人言自己的詞淒婉，值得重視。自己的詞風與藝術趣尚，如魚飲水，冷暖自知。其言己之詞風淒婉，其詞風之必然淒婉自不待言，何必我們饒舌。

〔註11〕 吳則虞箋注：《花外集》，第 111 頁，上海古籍出版社，1988。

　　《白雨齋詞話》云：「『翠華不向苑中來，可是年年惜露臺。水際春風寒漠漠，官梅卻作野梅開。』高似孫《過聚景園》詩也，可謂淒怨。碧山《法曲獻仙音·聚景亭梅次草窗韻》云：『層綠峨峨，纖瓊皎皎，倒壓波痕清淺。過眼年華，動人幽意，相逢幾番春換。記喚酒，尋芳處，盈盈褪妝晚。已銷黯，況淒涼、近來離思，應忘卻、明月夜深歸輦。荏苒一枝春，恨東風、人似天遠。縱有殘花酒，灑征衣、鉛淚都滿。但殷勤折取，自遣一襟幽怨。』較高詩更覺淒婉。」〔註12〕他將王沂孫的這首詞與高似孫的一首詩作了比較，認爲此詞更淒婉。如果說淒婉是南宋時代普遍性的藝術風向，那麼，王沂孫詞的這種淒婉風格的時代烙印更明顯，更典型，更具有代表性。

　　我們再讀王沂孫的《醉蓬萊·歸故山》

　　　　掃西風門徑，黃葉凋零，白雲蕭散。柳換枯陰，賦歸來何晚。爽氣霏霏，翠蛾眉嫵，聊慰登臨眼。故國如塵，故人如夢，登高還嬾。　　數點寒英，爲誰零落，楚魄難招，暮寒堪攬。步屧荒籬，誰念幽芳遠。一室秋燈，一庭秋雨，更一聲秋雁。試引芳尊，不知消得，幾多依黯？

這是一首很典型的具有淒婉風格的詞。上闋先寫凋零、蕭條、肅殺的秋景，接著抒情：「故國如塵，故人如夢，登高還嬾。」面對國破家亡、友朋散落，感情沉鬱、一片淒涼，詞風哀怨淒婉。下闋開頭就寫了「數點寒英，爲誰零落？」詞人移情於寒冷中零落的花朵。你看，花似有情，其情深厚，情緒感傷，因而衰萎零落。詞人借景抒情，情緒感傷。接著「楚魄難招」四句，寫了寒氣深重的傍晚，失魂落魄，籬邊荒涼，幽芳難覓的情景。接著「一室秋燈，一庭秋雨，更一聲秋雁」，用了層遞格，感情層層遞進，一句緊似一句，重筆描寫淒涼零落之秋景，實則寫秋天詞人寂寥索寞的感情。詞中對肅殺淒涼秋景的重筆描繪使詞人當時感傷的情緒，得到了淋漓盡致的表現。

〔註12〕　陳廷焯：《白雨齋詞話》，第 46 頁，人民文學出版社，1959。

　　從詞人、詞評家以及我們選的一首具有典型風格的詞來看，這三首詞都寫得那麼淒婉，那麼深厚，那麼動人。讀這些詞，我們深感碧山自己感情的淒婉。詞如其人，因此才寫出如此這般極為淒婉的詞。讀了碧山詞，這種淒婉的情調直透胸膛，直入讀者的靈魂，令人不知不覺有一種濃鬱的淒婉的情緒。南宋滅亡，蒙古人入主華夏，作為一位愛國的知識分子，他心靈深處蒙受著亡國的感情沉壓，又無力與之抗爭，只有恨恨悲嘆，借一支哀婉的筆，抒其淒楚怨鬱之情。詞人愛國而適逢其國破家亡，其志不獲實現，恨恨悲嘆之情溢於言表。然鑑於艱危的處境，他個人這種情緒的表現，既不可能是強烈的反抗，吹出響亮的號角，又不能無動於衷，只能將滿腔的憤懣沉壓在心底，默默忍受。但一動筆，這種沉壓心底的感情就不知不覺自然而然地流淌滲透在字裏行間了。因此，我們讀他的詞，深感悲傷，其淒婉之情躍然紙上，令人情緒為之轉移。

蔣捷詞論略

　　南宋末年至元代初年，豪放詞派與騷雅詞派，都有很大的勢力。他們是辛、姜詞的餘振或繼響，相互唱和鼓吹，推波助瀾，頗有聲勢。然前者效法辛棄疾而缺乏辛詞的清逸俊爽之致，稍嫌粗獷而餘味不足；後者學習姜夔而無姜詞的超邁清曠之氣，過分追求詞語之工以致艱澀難讀。他們從不同的側面破壞了詞的清雅婉柔之美，徒作東施效顰而有每下愈況之勢。有出息的詞人，則不再對前人模形規步，亦步亦趨，而能在創造性的學習中衝破前人的藩籬，闖出一條嶄新的創作路子，在詞境上有一個大的開拓與創新：即既能吸收姜、辛詞藝術表現上之所長，又能避其所短與不足，從而形成一個富有獨創性的又有特別活力的藝術境界。蔣捷在詞的創作上，差可稱是。

　　蔣捷之詞，力圖取姜、辛諸家之長，熔鑄陶冶，自成一家。他在創作實踐中，的確是多有創獲。在藝術表現上，尤爲出色：藝術風格的多樣；描寫手法的成功；構思與造境的巧妙與卓越；語言的工致以及善用修辭手法等，都顯現著他的藝術創造力。蔣捷以其獨特的成就卓然屹立於當時的詞壇，光彩奪目，輝耀千秋。

　　　　　　　　　　　　一

　　風格的多樣，是蔣捷詞的一個最爲突出的特徵。

　　宋代的詞人，或以婉約見長，表現其要眇宜修之思；或以豪放曠逸取勝，表現其逸宕曠放之懷。姜夔的風雅，蘇、辛的豪放，秦觀、李清照的清婉，柳永的淺俗，這些特點，在蔣捷詞中，可謂兼而有之。

　　以豪放言，蔣捷的《賀新郎·鄉士以狂得罪賦此餞行》、《尾犯·寒夜》、《賀新郎·吳江》等，都是胸襟開闊豪邁、詞情悲慨、詞語新穎、構思獨特的動人之作。如《賀新郎·吳江》：「浪湧孤亭起。是當年、蓬萊頂上，海風飄墜。帝遣江神長守護，八柱蛟龍纏尾。鬭吐出、寒煙寒雨。昨夜鯨翻坤軸動，捲雕翬，擲向虛空裏。但留得，絳虹住。　　五湖有客扁舟艤。怕羣仙、重遊到此，翠旌難駐。手拍闌干呼白鷺，為我殷勤寄語。奈鷺也、驚飛沙渚。星月一天雲萬壑，覽茫茫、宇宙知何處。鼓雙檝，浩歌去。」上闋以奇特浪漫的想像，亟寫孤亭壯麗的外觀與磅礴之氣勢，既富有神話色彩，又是現實的生動寫照。在神話與現實的水乳交融上，顯現著它獨有的光彩與韻致。詞人極力狀寫孤亭過去的豐韻，借以反襯今日的衰颯。下闋寫今：亭子已毀，神仙難駐，白鷺驚飛，一片淒涼。由此托出詞人在茫茫宇宙間無處容身的亡國之痛。歇拍勾勒出詞人孤傲的遺世獨立的自我形象。一個「鼓」字、一個「浩」字，表現了詞人的瀟灑與疏放。這種將奇特的想像與現實的描寫渾然一體的寫法，極大地增強了藝術表現的張力。又如《賀新郎·鄉士以狂得罪賦此餞行》，是為一位因直言得罪權要而被趕出臨安府的鄉士餞行而寫的，以此見其為人之爽直與耿介。詞之表現語勢奇崛，情調慷慨悲涼，詞風詼諧成趣，具有獨特的風格。《沁園春·為老人書南堂壁》、《沁園春·次強雲卿韻》都是極為出色的詞作。清代的詞論家李調元稱前者「甚有奇氣」，說後者「每讀之爽神數日」[註1]《尾犯·寒夜》、《滿江紅》「一掬鄉心」等，都是慷慨悲歌、豪氣干雲之作。這些詞

〔註1〕　唐圭璋：《詞話叢編》，第 1411 頁，中華書局，1986。

在沉鬱中有曠達，悲淒中有豪放，是學習辛詞而又有獨特的藝術個性者，絕非辛詞藝術的翻版。

蔣捷的詞，大都充盈著時代的悲鬱特色，凝聚著壓抑不快的情緒。南宋滅亡，取而代之的卻是落後野蠻的異族統治，這對深受儒家思想影響的詞人來說，內心是十分痛苦的。他不甘屈服而又無力與之進行血與火的較量，只能堅守節操，過一種遺民恥食周粟的生活，他的心境是相當悲涼而又無可奈何的。但他又不甘沉沒，仍想有所作為，竭力尋找出路而又四處碰壁。長歌當哭，悲愁難忍，痛哭嗚咽，以淚洗面。對國家與民族的無比深厚的感情以及個人極為艱難的處境，形成了慷慨而又悲涼、沉鬱而又頹唐的情感基調。他的詞，主要是這種情感的抒發。因此感人至深，催人淚下。

以騷雅風格而言，蔣捷多效姜夔之作，而又有所變化與創新，形成了清雅婉麗的風格。如《高陽台・送翠英》：「燕捲晴絲，蜂黏落絮，天教綰住閒愁。閒裏清明，忽忽粉澀紅羞。燈搖縹暈茸窗冷，語未闌、娥影分收。好傷情，春也難留，人也難留。　　芳塵滿目悠悠。問縈雲佩響，還繞誰樓。別酒纔斟，從前心事都休。飛鶯縱有風吹轉，奈舊家、苑已成秋。莫思量，楊柳灣西，且櫂吟舟。」此送別之作，先寫時光流逝，描寫極真切，也極疏快。「忽忽粉澀紅羞」一句，寫春去夏來，物換星移之速。繼寫離別前夕的繾綣情懷，「燈搖縹暈茸窗冷」一語極鍛煉，極險麗，托出「語未闌，娥影分收」。於是，時光與情人都難挽留的悵惘情緒噴薄而出：「好傷情，春也難留，人也難留。」「好傷情」三字，感情真切，離淚飄灑。下闋寫芳塵，寫去向，既抒往日之情誼，也寫情人一去難回的悵惘。最後在深深的惆悵之中，發出無可奈何的悲嘆：「楊柳灣西，且櫂吟舟。」此詞蓋為送妓從良之作，這妓是送者的相好，今日離去適人，於是縈繞心頭的複雜感情，從筆端傾瀉。筆調時而疏快，時而婉轉，時而激切，真實地記錄了送者感情變化的流程。又如《賀

新郎》「夢冷黃金屋」是一首精粹之作。它「極吞吐之妙」〔註2〕，
「處處飛舞，如奇峰怪石，非平常蹊徑也」〔註3〕。「瑰麗處鮮妍自
在」〔註4〕。《絳都春》「春愁怎畫」、《洞仙歌・對雨思友》、《洞仙
歌・柳》等，都是騷雅優美的作品。

蔣捷還以白描的手法，寫了一些清雅淺俗的小令。這些小令，寫
得輕倩、自然、精巧，它以特異的情調，顯現著生動的生活畫面。如
《昭君怨・賣花人》：「擔子挑春雖小，白白紅紅都好。賣過巷東家，
巷西家。　簾外一聲聲叫，簾裏丫鬟入報。問道買梅花、買桃花。」
短短的一首小令，寫了賣花人、丫鬟，還有屋子裏的女主人，形象活
靈活現，極有生氣。蔣捷的這類作品頗多，清新而雋永。李調元云：
「蔣竹山詞，有全集所遺而升庵《詞林萬選》所拾者，最為工麗。如
《柳梢青》『學唱新腔』，又《霜天曉角》『人影窗紗』。」〔註5〕他還
以當時的口語，寫了許多絕妙的白話詞，如《最高樓・催春》、《解佩
令・春》、《一剪梅・宿龍遊朱氏樓》、《一剪梅・船過吳江》等，關於
他的白話詞，我在《蔣捷的白話詞》〔註6〕一文作了論述，茲不贅。

還應特別指出的，蔣捷生活在宋末元初，當時曲已很盛行了，
他的詞或受曲的某些影響，顯得生動、詼諧、幽默、活潑、情新。
在某種程度上，顯出曲化的趨勢。有人說《虞美人・聽雨》「是小曲」
〔註7〕，不是沒有道理的。他的一些小令的語言，曲的意味是極濃
的。如「擾擾忽忽塵土面，看歌鶯、舞燕逢春樂」（《賀新郎・約友
三月旦飲》），「覽茫茫、宇宙知何處。鼓雙檝，浩歌去」（《賀新郎・
吳江》），「人情終是娥兒舞，到頻翻宿粉，怎比初描」（《高陽台・鬧
元宵》），「一片片，雪兒休要下。一點點，雨兒休要灑」（《最高樓・

〔註2〕　唐圭璋：《唐宋詞簡釋》，第228頁，上海古籍出版社，1981。
〔註3〕　唐圭璋：《宋詞三百首箋注》，第236頁，上海古籍出版社，1979。
〔註4〕　同上。
〔註5〕　唐圭璋：《詞話叢編》，第1412頁，中華書局，1986。
〔註6〕　見本書第245頁。
〔註7〕　唐圭璋：《詞話叢編》，第4294頁，中華書局，1986。

傷春》)，「春晴也好，春陰也好。著些兒，春雨越好」(《解佩令·春》)。如此等等，都流蕩著曲的語言特點，讀來有一種異樣新鮮的感覺。

從以上論述看，蔣捷豪放、騷雅、清婉淺俗的詞，都極富特色，其用語雖偶有密麗艱澀之處，但總體上還是俊爽疏快的。他的詞的藝術個性還是相當鮮明的。然其詞的主導風格還不是很突出。儘管，他的近辛的一些詞很有特色，但還沒有形成足以自成一家風靡一時而又影響千秋萬代的詞體。他對多種風格頗為成功的嘗試，輝耀於當時的詞壇且對後人創作有著深刻的啟示。在姜、辛之後，能出現蔣捷這樣富有藝術特色的詞人，在詞史上是罕見的，因而有其重要的地位。

二

蔣捷對於詞的創新，還在於在寫詞時比較充分地用了描寫手段。詞人寫詞，或借景抒情，或用比興，或用舖敘，甚或直抒胸臆，卻很少用描寫筆法。蔣捷在詞的創作上，不受這些傳統筆法的束縛，多用描寫的手法，這在詞的創作上，是一個較大的突破與創新。其描寫手法之新奇高妙，變化之多端，都是前所少有的。

首先，蔣捷在詞中成功地運用了細節描寫，使其詞言少意豐，生動傳神，極富藝術的表現力。

關於細節的描寫，這在敘事性作品中，是常見而且必需的。一部敘事性的作品，如果沒有生動真實的細節描寫，就因缺乏真實性與生動性，顯得乾癟而無味，藝術魅力必然匱乏；但在抒情性的作品中，尤其在詞中，細節的描寫卻不多見。而蔣捷之詞，卻以生動真實的細節描寫見長。譬如，《虞美人·聽雨》的細節描寫，就是相當典型的：

> 少年聽雨歌樓上，紅燭昏羅帳。壯年聽雨客舟中，江
> 闊雲低，斷雁叫西風。　　而今聽雨僧廬下，鬢已星星也。
> 悲歡離合總無情。一任階前，點滴到天明。

此詞通過對自己一生不同時期聽雨細節的描寫，精警而深刻地表現了詞人的一生：少年時代的風流豪奢，中年時期的落魄，晚年的衰

颯與困頓不堪。短短的一首詞，描寫了他由風雨飄搖的年代到國破家亡的歲月的痛苦歷程，由浪漫豪奢的公子哥兒走向生活無著、精神崩潰以至神情木然的狀態，反映了由於社會巨變而引起個人生活巨變的痛苦與災難。此詞雖然寫的是蔣捷自己一生的不幸與痛苦經歷，實際上是對宋末元初有民族節操的知識分子生活的典型概括，展示了一代知識分子的悲劇命運。詞的筆力凝重，情調悲涼，感傷氣氛非常濃鬱。結拍「一任」二字極平常，也極曠達，但卻蘊含著極為深沉的不幸與痛苦。此詞內涵之豐富深刻，藝術之精湛凝練，不能不歸功於對「聽雨」細節的成功描寫。

細節的成功描寫，在蔣捷詞中是常見的，且是多式多樣的。《行香子·舟宿蘭灣》「過窈娘隄，秋娘渡，泰娘橋」，是另一個細節描寫成功的例證。隄、渡、橋，這在我國南方行旅中是屢見不鮮的。但以窈娘、秋娘、泰娘命名，名稱都很特殊，也頗新異，可能有一些流傳頗廣的艷異故事。作者寫旅程中所見，當是紀實。但因其所經隄、渡、橋的命名頗含風韻，因而有其獨特的意蘊，也給讀者多方面不同尋常的美的啟示與聯想。又如《一剪梅·舟過吳江》「流光容易把人拋。紅了櫻桃，綠了芭蕉」。紅櫻桃與綠芭蕉是常見的風物，並非奇異的物品。櫻桃由不紅到紅，芭蕉長出了大的綠葉，詞人通過櫻桃、芭蕉顏色的變換以及紅綠顏色的鮮明對比，生動、準確地表現了時光忽忽、春去夏來的季節變化，由此引起諸多感觸，特別是對生命意識的強烈感慨。又將抽象的「流光」化為鮮明的視覺形象，成為具體可感的事物，也使上句「流光容易把人拋」的意念生動化和具體化。總之，他在詞中極為成功的細節描寫，使其形象鮮明，富有藝術感染力。

其次，他的詠物詞對物象作了創造性的描寫，使其具有獨特的品格。詠物詞或就物詠物，或借詠物以寄意。這在詩詞中是常見的，雖然在具體寫作中，時有手法翻新之處，但大體框架如此。而蔣捷的一些詠物詞，卻是詠物以象徵它物，即詠此物以象徵彼物，這在藝術表現上卻是一次較大的突破。譬如《燕歸梁·風蓮》：「我夢唐

宮春晝遲。正舞到、曳裾時。翠雲隊仗絳霞衣。慢騰騰，手雙垂。

　　忽然急鼓催將起，似綵鳳，亂驚飛。夢回不見萬瓊妃。見荷花，被風吹。」從詞題看，應爲詠風蓮，實則不是詠風蓮，而是詠舞，是以風蓮之姿態擬舞者之姿容。誠如俞平伯先生所說：「詞以風蓮喻舞態，非以舞態喻風蓮也。」「題曰『風蓮』借舞態作形容，比喻雖切當，卻不點破，直到結句方將『謎底』揭出……文雖明快，意頗深隱，結構亦新」〔註8〕。這在詞的藝術表現上，實在是一種成功的創新，使其新穎而富於藝術表現力。

　　第三，詞有著嚴密的格律，而宋自姜夔以下，吳文英、張炎、周密、王沂孫等格律派詞人，在詞的創作上對格律的要求更爲嚴密。而蔣捷的一些詞，有意識地突破傳統的表現與格律的嚴格限制，處處呈現著一種創新的精神。他寫了許多福唐獨木橋體，如《瑞鶴仙・壽東軒立冬前一日》、《水龍吟・效稼軒體招落梅之魂》、《聲聲慢・秋聲》等，請看他的《聲聲慢・秋聲》：

　　　　黃花深巷，紅葉低窗，淒涼一片秋聲。豆雨聲來，中間夾帶風聲。疏疏二十五點，麗譙門，不鎖更聲。故人遠，問誰搖玉佩，簷底鈴聲。　　彩角聲吹月墮，漸連營馬動，四起笳聲。閃爍鄰燈，燈前尚有砧聲。知他訴愁到曉，碎喊喊，多少蛩聲。訴未了，把一半、分與雁聲。

此詞八個韻腳均爲聲字，即秋聲、風聲、更聲、鈴聲、笳聲、砧聲、蛩聲、雁聲，另外非韻腳的地方還有豆雨聲、彩角聲，全詞共有十個「聲」字，這裏有秋天淒涼的自然聲，有秋天動物淒清的叫聲以及與戰爭有關的各種悲聲，呈現著淒涼的氛圍和令人傷感的濃鬱的秋意。而描寫手法之新穎，藝術技巧之熟練與成功，使詞評家贊不絕口。或謂「修辭造句，別具一格。典故套語，一概不用，全在用力描寫。通首用『聲』字押韻，更覺新奇。」〔註9〕或謂「歷數諸景，揮灑而出，比之稼軒《賀新涼》『綠樹聽鵜』，盡集許多恨事，同一機杼，而用筆

〔註8〕　俞平伯：《唐宋詞選釋》，第273頁，人民文學出版社，1979。
〔註9〕　劉大杰：《中國文學發展史》（中），第288頁，古典文學出版社，1958。

尤爲嶄新。」〔註10〕這些實事求是的評讚，都雄辯地說明此詞之極力描寫秋聲，達到了很高的藝術境界。

蔣捷詞中對於細節的描寫，以蓮狀舞的描寫以及這首詞對於秋聲的特意描寫都表現出其詞善於描寫的特色。他將描寫對象作了窮形盡相、淋漓盡致的描寫，使詞顯現著特有的韻致。

三

文學是語言的藝術。詩人對於語言錘煉是特別精心的，即便如李白所謂「清水出芙蓉，天然去雕飾」，也並非是純任自然，毫無雕飾，而是雕飾不留迹痕，猶如清水出芙蓉般的天然本色罷了，其實是「看似容易卻艱辛」的。蔣捷在詞的語言錘煉上，是下過一番功夫的，因此表現出了鮮明的個性特色。

首先，蔣捷經過精心的藝術構思，使本來很平常的事物，顯現出奇特而富有迷人的藝術光彩，給人以新鮮異樣的感受。譬如《木蘭花慢‧冰》：「問山影，是誰偷？」天冷水結冰以後，不能再像原來的水一樣，顯現出山的清晰的影子。卻說水中的山影，是誰把它偷走了，想像奇特而精妙，富有趣味和幽默感。「似犀椎，帶月靜敲秋」。說冰柱如椎，而秋這個表時令的抽象概念也如實物一樣，可用犀椎敲打；「斷髭凍得成虯」，天氣寒冷，把嘴唇上邊的鬍鬚都凍得像虯龍一樣蜷曲起來了。如此等等，都是想像豐富奇特、令人拍案叫絕的妙句，我們不禁讚嘆，虧他想得出。「吟思難抽」，寫詞的思路滯澀，是因爲天冷所致。猶如繭中的絲，一時抽不出來。「消瘦影，嫌明燭」（《賀新郎》「夢冷黃金屋」），本來是人消瘦了，心裏不高興，卻怪燭光明亮，把影子照得太清晰了。「影廝伴，東奔西走」（《賀新郎‧兵後寓吳》），在逃亡過程中，孤寂索寞，只有自己的影子緊緊伴隨。如此等等，由於詞人特別的精心構思，將詞境寫得含而不露，富於情趣而詞味雋永。這種曲徑通幽的獨特表現，給人留下了極深

〔註10〕 唐圭璋：《詞話叢編》，第3379頁，中華書局，1986。

刻的印象。

　　其次，作者善於調動修辭手段，靈巧地運用多種修辭格，使詞極有意趣和韻致。譬如《梅花引‧荊溪阻雪》：「白鷗問我泊孤舟。是身留，是心留？心若留時、何事鎖眉頭……夢也夢也，夢不到、寒水空流。」詞人妙用疊句，巧用頂眞格，造成詞的回環往復而又句意流轉，感情跌宕起伏，大有一唱三嘆之妙。又如《一翦梅‧舟過吳江》：「一片春愁待酒澆。江上舟搖，樓上帘招。秋娘度與泰娘橋。風又飄飄，雨又蕭蕭。何日歸家洗客袍。」以洗練流動的句子，表現了客居外地流浪他鄉的苦悶，「風又飄飄，雨又蕭蕭」，既加深了風雨阻隔的苦悶心情的描寫，又蘊含著風雨飄搖的時代感受。兩個「又」字，強化了這種極不愉快的情緒。又如《女冠子‧元夕》：「蕙花香也。雪晴池館如畫。春風飛到，寶釵樓上，一片笙簫，琉璃光射。而今燈漫掛，不是暗塵明月，那時元夜。況年來心懶意怯，羞與蛾兒爭耍。」以過去元夕之熱鬧，反襯今日之凄涼，筆力直有千鈞，而且妙絕。詞評家謂「極力渲染，『而今』二字，忽然一轉，有水勢雲捲，風馳電掣之妙」〔註11〕。他還有以工整的對仗寫出警語，如「新綠舊紅春又老，少玄老白人生幾」（《滿江紅》「秋本無愁」）等都是，這種以對仗寫的警語，有很強的藝術表現力。詞評家謂後者「此是閱歷語，而詞筆甚雋」〔註12〕。

　　第三，蔣捷詞語言生動鮮活，節奏輕倩流動，時含諧趣，輕快而優美。

　　蔣捷詞善用俗語，生活化與口語化的語言，使詞顯得極有生氣。譬如「冷淡是秋花，更比秋花冷淡些」（《南鄉子‧黃葵》），不僅是口頭語，而且用了修辭上的層遞，表現了比黃葵更爲冷淡的色澤，寄寓了詞人一種極淡薄的情懷。又如「紅了櫻桃，綠了芭蕉。送春歸、客尙蓬飄……奈雲溶溶，風淡淡，雨瀟瀟」（《行香子‧舟宿蘭灣》），用

〔註11〕　唐圭璋：《宋詞三百首箋注》，第237頁，上海古籍出版社，1979。
〔註12〕　陳廷焯：《白雨齋詞話》，第192頁，人民文學出版社，1959。

溶溶、淡淡、瀟瀟狀雲、風、雨的態勢，寫出極爲沉悶的自然環境，襯托春去夏來，客尚蓬飄的不快情緒。富於節奏的語言，使這種情緒更爲沉重。

　　這種成功的語言運用，在蔣捷詞中是很多的，可以說俯拾即是。特別在小令詞中，表現尤爲出色：

　　　　絲絲楊柳絲絲雨，春在溟濛處。樓兒忒小不藏愁。幾度和雲飛去、覓歸舟。（《虞美人·梳樓》）

　　　　幾回傳語東風，將愁吹去，怎奈向、東風不管。（《祝英臺·次韻》）

　　　　枝枝葉葉，受東風調弄。便是鶯穿也微動。（《洞仙歌·柳》）

　　　　小巧樓臺眼界寬。朝捲簾看，暮捲簾看，故鄉一望一心酸。雲又迷漫，水又迷漫。（《一翦梅·宿龍游朱氏樓》）

蔣捷詞的語言，受到了詞評家的讚美。李佳評《虞美人》「絲絲楊柳絲絲雨」：「亦工整，亦圓脆。」〔註13〕六個字的爲的評。毛晉稱其「語語纖巧，字字妍倩」〔註14〕，四庫館臣則以爲蔣捷詞「煉字深穩，抒情諧暢，爲倚聲家之正軌」〔註15〕。他的詞，特別是一些小令，語言圓脆諧暢，清麗流美，使詞充溢著秀逸娟美之氣。

〔註13〕　唐圭璋：《詞話叢編》，第 3172 頁，中華書局，1986。
〔註14〕　毛晉：《宋六十名家詞》，商務印書館，1933。
〔註15〕　永瑢：《四庫全書簡明目錄》，第 899 頁，中華書局，1964。

蔣捷的白話詞

　　白話文學，在中國文學史上，佔有相當高的地位。它不僅有較大的數量，而且獨闢蹊徑，在藝術表現上，開闢了一個新的天地。胡適先生先後寫了《國語文學史》、《白話文學史》，對於用白話寫的文學作品，作了認眞地勾勒與評騭，不愧爲文學史中的經典之作。白話詩詞比其文言詩詞來，畢竟是很少很少的，尤其是詞。胡先生在《國語文學史》中，論述了柳永、歐陽修、蘇軾、秦觀、黃庭堅、李清照、辛棄疾等人的白話詞，也評論了他所謂的古典主義的姜夔、吳文英的白話詞作。宋人寫的白話詞，幾乎網羅殆盡。蔣捷也寫過許多優秀的白話詞，卻沒有引起他的重視。在其書中，對蔣捷的詞，竟然未著一字。這不能不說是一個很大的缺憾。

　　蔣捷生活在宋末元初，是一位很重要的詞人。他曾認眞地學習前人的創作經驗，多方規模大家的詞作，並是一位多有創新的詞人。寫白話詞，就是他在詞的探索創新中，取得較高成就的一個很重要的方面。蔣捷詞今存 94 首（其中一首是半闋），其中白話詞就有 9 首，占其全部詞作的十分之一。這個比例，在宋人所寫白話詞的比例中，是比較大的。而其題材之新穎，描寫之生動活潑，表現內容之深切，都是值得稱道的。柳永、歐陽修、秦觀、黃庭堅的白話詞，多爲艷詞，甚至褻諢不可卒讀。而蔣捷的白話詞，內容則是健康的，這是他比前

人超卓的地方。其題材之新穎，尤堪稱道。《昭君怨‧賣花人》就是一首題材新穎、相當出色的白話詞。

> 擔子挑春雖小。白白紅紅都好，賣過巷東家、巷西家。
> 簾外一聲聲叫。簾裏鴉鬟入報。問道買梅花，買桃花？

這是一個特別引人注目的紀事鏡頭：一個賣花人挑著一擔鮮艷的花——就像挑著美麗的春色——走街穿巷，吆喝叫賣。這時，一個活潑俊俏的丫頭出場了。她仔細地端詳了擔子上的花色品種，戀戀不捨，很想買一束。於是回家請示主人：買梅花還是買桃花？

詞人以輕倩活潑的筆調，在詞中寫了三個人物，留下了普通生活中極為生動的一幕。通過這個鏡頭，我們可以看到宋末元初時期我國都市生活的一角：賣花與買花的習俗，以及當時城市生活消費的一斑。從這個角度看，這首詞極富有史料價值。就題材而言，專寫買賣鮮花的情景，別人未曾涉足，因而彌足珍貴。

與此相近的，我們再看《霜天曉角》寫的有人偷折鮮花的鏡頭：

> 人影窗紗。是誰來折花。折則從他折去，知折去、向
> 誰家？　　檐牙。枝最佳。折時高折些。說與折花人道，
> 須插向、鬢邊斜。

作者精心描寫了一個養花人的形象：透過窗紗，他看見有人偷折自家的鮮花，但卻毫不在乎，任他去折罷了。但心裏有些好奇，是誰這麼跟我一樣癡心的愛花呢？於是就仔細觀察，想看個究竟。他很想叮囑那位折花的人，長在房檐前的那枝花最漂亮，不過難折一點罷了。要折就折那枝最漂亮的花才值得。折了拿回家後插在夫人的鬢上，一定漂亮好看，使其更為俊俏——他似乎開心地打趣折花人。

用詞描寫人物形象，是蔣捷詞的特色之一。他以通俗的語言，白描的手法，生動細膩的心理活動描寫，寫出了一個活生生的人物形象：他豁達、好奇、幽默，對他人關心，有著頗為豐富的性格。

這首詞與杜甫的《又呈吳郎》的情境有些相似，都能從對方特殊的處境著想，唯恐對方有愧而心裏不安，因而盡量避免使對方難堪或

陷入尷尬的境地。可以看出，他們對對方的深厚關切之情。二者不同
的是，杜甫關心的那位偷摘棗子的女人，無食無兒，生活無著，借棗
子以充飢；而蔣捷筆下的這位折花人，只是酷愛鮮花而已。——或許
是想錦上添花而順手牽羊罷了。而主人徒然多情，對他特別關照。這
首詞頗有情趣，也耐人品味。

　　花是春天的象徵，也是生命的象徵。折花、賣花，不禁使人想到
百花盛開春意盎然欣欣向榮的情景。詩人寫花頌花，是對春天的特別
熱愛。不信試看，詩人還有對春的熱烈的頌歌。《解佩令・春》，就是
對春天熱烈的歌讚：

　　　　春晴也好。春陰也好。著些兒、春雨越好。春雨如絲，
　　繡出花枝紅裊。怎禁他、孟婆合皁。　　梅花風小。杏花
　　風小。海棠風、驀地寒峭。歲歲春光，被二十四風吹老。
　　楝花風、爾且慢到。

這是一首極熱烈的春的頌歌。生機勃勃的春日，極富於生命力，是值
得永遠歌唱的。詩人以輕快的筆調，寫了陰、晴、雨、風、寒、暖都
好的情景。真是無時不好，無處不美。詩人對春日的無限喜愛之情，
溢於言表。喜愛春日，也就是喜愛生命。此詞在某種意義上說，乃是
對生命的熱烈歌讚。從以上三首詞，我們不僅看到了社會上的色色人
物，而且也感到詩人對生活的熱情和生命力的高揚。《最高樓・催春》
則是對春光明媚的企盼，也值得我們珍視。

　　生活的五色板是在不停地轉換，有歡樂也有悲淒。我們再看《梅
花引・荊溪阻雪》：

　　　　白鷗問我泊孤舟。是身留，是心留？心若留時、何須鎖
　　眉頭？風拍小簾燈暈舞，對閒影，冷清清，憶舊游。　　舊
　　游舊游今在不？花外樓。柳下舟。夢也夢也，夢不到、寒
　　水空流。漠漠黃雲、溼透木綿裘。都道無人愁似我，今夜
　　雪，有梅花，似我愁。

旅途阻雪，心情鬱悶，詞人卻以白鷗的問語，揭示了詞人的苦悶心情。
這樣設想奇特，落筆瑰奇。風抓簾幕，燈光閃爍，冷清的境況，引起

對舊友的強烈思念。下闋由對友人的思念，又經歷了夢境的苦況，表現了我之愁懷難釋。「有梅花，似我愁」，以寫我之愁懷鬱結。通過層層描寫，就將旅途阻雪的苦悶心理，表現得淋漓盡致。

餘如《柳梢春・游女》寫了游女的嬌媚。《一翦梅・宿龍游朱氏樓》、《一翦梅・舟過吳江》也是兩首白話詞。前者寫鄉愁，以故鄉的不堪回首，隱寓國破家亡之痛。詞中多用排比，將這種情緒表現得十分強烈。後者寫羈旅中時光飛逝，抒發其不得志的牢愁。《沁園春・爲老人書南堂壁》寫隱逸之樂趣，表現了詩人閑適、曠達、孤傲、清高的情懷，寄寓著深厚的民族情感。

總之，蔣捷的白話詞，展現了一幅幅生動的生活圖畫，其題材之廣闊新穎，內容之深厚沉實，表現之生動活潑，用語之自然得體，都堪稱道。的是寫白話詞的高手。他的白話詞是宋詞花苑中的一朵奇葩，很值得我們珍惜和鑑賞。因此，既不能抹煞，更不能隨意扔掉。

下編：綜合鑑賞論

讀《全宋詞》札記（六則）

一、晏幾道兩首《浣溪沙》辨

《全宋詞·晏幾道集》收《浣溪沙》二首，其詞云：

> 牀上銀屏幾點山，鴨爐香過瑣窗寒，小雲雙枕恨春閒。
> 惜別漫成良夜醉，解愁時有翠牋還，那回分袂月初殘。
> 綠柳藏烏靜掩關，鴨爐香細鎖窗閒，那回分袂月初殘。
> 惜別漫成良夜醉，解愁時有翠牋還，欲尋雙葉寄情難。

短短的兩首小令中，竟有四句重複。除第二句「香過」作「香細」、「窗寒」作「窗閒」有二字不同外，餘悉同。在一本詞集中，竟有兩首句子大半相同的詞排在一起，這在《全宋詞》中還是罕見的。這兩首詞當為一詞二傳，其思緒、詞境略有不同，後者似比前者渾融順暢。故前者或為初稿，後者當為定稿，不知何以陰差陽錯，同時收入集中。果如所論，我們今天同時能讀到宋人一首詞的初稿及定稿，確是難得的。仔細體味二詞，從中不難窺破詞人構思與煉意的匠心。

二、歐陽修《漁家傲》重出當刪

《全宋詞·歐陽修詞·漁家傲》云：

> 十月小春梅蕊綻，紅爐畫閣新裝遍。鴛帳美人貪睡暖，

梳洗懶，玉壺一夜輕澌滿。　　樓上四垂簾不卷，天寒山色偏宜遠。風急雁行吹字斷。紅日晚，江天雪意雲撩亂。

調下注云：「此篇已載本卷，但數字不同。」經檢另詞，「畫閣」作「畫閣」，閣閣通用；「鴛帳」作「錦帳」；「梳洗懶」作「羞起晚」；「紅日晚」作「紅日短」，餘悉同。顯係一詞二傳，本詞爲詠十二月組詞之一，故前者當刪，存目即可。二詞均錄，既佔篇幅，亦乖體例。

三、文天祥《酹江月·驛中言別友人》當刪

《全宋詞·文天祥集》錄《酹江月·驛中言別友人》云：「水天闊空，恨東風不借、世間英物。蜀鳥吳花殘照裏，忍見荒城頹壁。銅雀春情，金人秋淚，此恨憑誰雪。堂堂劍氣，斗牛空認奇傑。　　那信江海餘生，南行萬里，屬扁舟齊發。正爲鷗盟留醉眼，細看濤生雲滅。睨柱吞嬴，回旗走懿，千古沖冠髮。伴人無寐。秦淮應是孤月。」

編者按云：「清雍正三年刊本《文山全集·指南錄》中載此首，題作『驛中言別』下署『友人作』，蓋以爲鄧剡詞，未知何據，俟考。」

又《全宋詞·鄧剡集》錄《念奴嬌·驛中言別》，「屬扁舟齊發」句作「不放扁舟發」，餘與文天祥《酹江月·驛中言別友人》悉同，注云：「雍正三年刊本《文山先生全集·指南錄》中。」關於此詞的作者，唐圭璋先生在《文天祥〈念奴嬌〉詞辨僞》（載《光明日報·文學遺產》256 期，1959 年 4 月）中認爲是鄧剡詞，這一觀點，已被學術界許多人認同，如黃蘭波的《文天祥詩選》、文學研究所的《唐宋詞選》、上海辭書出版社的《唐宋詞鑑賞詞典》等，唐圭璋先生後來編選的《全宋詞簡編》，逕作鄧剡詞。因此，《全宋詞·文天祥集》此詞宜刪，作存目詞爲當。

四、宋江《念奴嬌》詞係僞作

《全宋詞》據楊愼《詞品拾遺》收入宋江《念奴嬌》詞一首，許

多學者因之。朱德才主編的《增訂注釋全宋詞》、馬興榮等主編的《廣
選新注集評全宋詞》、吳熊和主編的《全宋詞匯評》、尹曉翠等選注的
《宋詞三百首》均收錄，張高寬等主編的《宋詞大辭典》也作了肯定
的介紹。可見，宋江作《念奴嬌》，得到了學界普遍的認同。其實，
它是後人的偽作，只不過假借宋江的名義而已。其詞云：

> 天南地北。問乾坤何處，可容狂客。借得山東烟水寨，
> 來買鳳城春色。翠袖圍香，鮫綃籠玉，一笑千金值。神仙
> 體態，薄幸如何銷得。　　回想蘆葉灘頭，蓼花汀畔，皓
> 月空凝碧。六六雁行連八九，只待金雞消息。義膽包天，
> 忠肝蓋地，四海無人識。閒愁萬種，醉鄉一夜頭白。

此詞偽託之迹甚明，但因唐圭璋先生採自《詞品拾遺》，該書係學術
著作，學者往往信而不疑。宋江的《念奴嬌》詞，楊慎錄自《甕天脞
語》。考《甕天脞語》，即《雪舟脞語》，或云邵桂子撰。邵桂子「宋
末國初，字玄同，嚴陵人」（《說郛》）。「桂子，字德芳，淳安人。咸
淳七年進士。教授處州，棄官，寓家松江。有《雪舟脞稿》」（《宋詩
紀事》）。「棄官歸隱，鑿池構軒其上，名曰雪舟」（《萬姓統編》）。三
書所載邵桂子事迹，字號雖略有差參，但大體可信。或謂王仲暉撰，
見委宛山堂本《說郛》。王生平里貫不詳。作者作邵桂子似是。《甕天
脞語》難覓，今《說郛》錄《甕天脞語》十條，宋江詞不存。《全宋
詞》據《詞品拾遺》轉錄，蓋未見《甕天脞語》。《甕天脞語》錄此詞
所據無考，從詞的出處看，此詞的作者就存在諸多謎團。

　　以詞而論，詞中所寫事實與史實多有不符。詞云「六六雁行連
八九」，意謂宋江為首的義軍有三十六加七十二個首領，即一百零八
人，他們情同手足。考宋江為首的梁山首領實為三十六人，所謂一
百零八人之說是好事者在史實的基礎上漫加演義踵事增華的結果。
李若水《捕盜偶成》云：「去年宋江起山東，白晝橫戈犯城郭。殺人
紛紛剪如草，九重聞之慘不樂。大書黃紙飛敕來，三十六人同拜爵。
獰卒肥驂意氣驕，士女駢觀猶駭愕。」（《全宋詩》卷一八〇五）此

詩作於宣和四年（1122），詩人當時為元城尉。元城屬大名府，在北京附近。尉官管捕盜之事，時間是宋江投降朝廷的第二年，地點離宋江活動的中心梁山泊不過數百里。這種震驚朝野的大事，天下婦孺皆知，而出自任職元城尉的李若水之手，更可信。詩云「三十六人同拜爵」，說明以宋江為首的梁山泊首領實為三十六人，這是一條硬證。可見《宋史·侯蒙傳》、《宣和遺事》、龔開《宋江三十六人贊》、陸友《題宋江三十六人畫贊》、陳泰《所安遺集補遺》等所載宋江三十六人不誤。從現有史料看，在元代以前關於梁山首領尚無一百零八人之說。元代高文秀《黑旋風雙獻功雜劇》始有「某聚三十六大伙，七十二小伙」的說法。李文蔚《同樂院燕青博魚雜劇》、康進之《梁山泊黑旋風負荊雜劇》、無名氏《魯智深喜賞黃花峪雜劇》等與高劇同，而元代無名氏《爭報恩三虎下山雜劇》則稱「聚義的三十六個英雄漢，那一個不應天上惡魔星」。可見，直到元朝，以宋江為首的梁山泊首領仍有三十六人與一百零八人之說並存。一百零八人之說始見於諸多雜劇，其起源蓋出於說話人或民間傳說，不足據。

詞云：「只待金雞消息。義膽包天，忠肝蓋地，四海無人識。」飽含著宋江對朝廷的赤膽忠心，時刻等待招降。考《宋史·侯蒙傳》，有「今清溪盜起，不若赦江，使討方臘以自贖」的上書建言，朝廷嘉之，「命知東平府，未赴而卒」。雖有招降宋江之議，但因侯蒙之死而卒未執行。宋江之降是因為張叔夜知海州，設伏兵重挫宋江，「擒其副賊，江乃降」（《宋史·張叔夜傳》）。可見，宋江是因為受重創不得已而降之。至於宋江在投降前，是否就有「義膽」、「忠肝」思想，無考。若在「橫行齊、魏，官軍數萬無敢抗者」（《宋史·侯蒙傳》）的時候，就整天夢想投降，是不符合情理的。

此詞有較高的藝術水平，故楊慎謂「劇賊亦工如此」（《詞品拾遺》）。《宣和遺事·亨集》記宋江在旗上題詩：「來時三十六，去後十八雙。若還少一個，定是不還鄉。」這倒有可能出自宋江之手。作為誓詞，通俗而明快，表現了他的破金沉舟之志。以此詩與《念奴嬌》

比較，文化水平與藝術趣味相去甚遠。像《念奴嬌》這樣的詞，恐宋江不能寫。

綜上所述，《念奴嬌》詞非宋江作甚明，當爲宋、元之際的人的偽托。早在 1953 年，余嘉錫先生在《宋江三十六人考實》一文中就說：「宋、元之際，有偽撰江題詞者，造爲『六六雁行連八九』之語，是爲一百八人之所由起，當亦出於說話人之手。」余先生的話是經得起史實考驗的。我們應斷然使此詞與宋江脫離關係，書爲無名氏。

五、秦觀《御街行》衍變臆說

秦觀《御街行》是一首頗有影響的詞，然在歸屬上卻存在著較大的爭議，值得進一步研究和探討。詞云：

> 銀燭生花如紅豆。這好事、而今有。夜闌人靜曲屏深，借寶瑟、輕輕招手。一陣白蘋風，故滅燭，教相就。　　花帶雨、冰肌香透。恨啼鳥、轆轤聲曉，岸柳微風吹殘酒。斷腸時、至今依舊。鏡中消瘦。那人知後，怕你來偎儂。

這首詞《淮海詞》諸本未收，據詞話補遺。關於這首詞的本事，宋楊湜《古今詞話》云：

> 秦少游在揚州，劉太尉家出姬侑觴。中有一妹，善擘箜篌。此樂既古，近時罕有其傳，以爲絕藝。妹又傾慕少游之才名，偏屬意。少游借箜篌觀之。既而主人入宅更衣，適值狂風滅燭，妹來且相親，有倉卒之歡。且云：「今日爲學士瘦了一半。」少游因作《御街行》以道一時之景。

[註1]

關於此詞之真偽，徐培均云：「少游熙寧年間（1068～1077）常往來於揚州。《年譜》謂『會蘇公自杭倅徙知密州，道經維揚，先生預作公筆語，題於一寺中。公見之大驚，及晤孫莘老，出先生詩詞數百篇，讀之，歎曰：「向書壁者，必此郎也。」遂結神交。』是時已有才名，且年輕，故可能有此韻事。」[註2] 楊寶霖則謂：「各本少游

〔註1〕　唐圭璋：《詞話叢編》，第 33 頁，中華書局，1986。
〔註2〕　徐培均：《淮海居士長短句》，第 164 頁，上海古籍出版社，1985。

詞均不收此詞，而各本黃庭堅詞皆收之，調名《憶帝京》，但字句稍異。」「因詞中有『借寶瑟、輕招手，一陣白蘋風，故滅燭，教相就』數語，遂傳演爲『少游借箜篌觀之，既而主人入宅更衣，適值狂風滅燭，姝來且相親，有倉卒之歡』。此正苕溪漁隱所謂『《古今詞話》以古人好詞世所共知者易甲爲乙。稱其所作，仍隨其詞牽合爲說，殊無根蒂』」〔註3〕。馬興榮、祝振玉校注的《山谷詞・憶帝京》按云：「此首宋楊湜《古今詞話》作秦觀詞，調名作《御街行》，字句略異。」〔註4〕另外，周邦彥的《青玉案》也與此詞內容多雷同。王國維云：「乃改山谷《憶帝京》詞爲之者，決非先生作。」〔註5〕

　　對於這三首詞，說眞辨僞，都欠堅證，難以服人，若再找材料，恐亦不易。我們不妨換個視角，從此詞傳播的角度，探索其作者，或有益於問題的解決。爲了解讀方便，我們無妨將黃庭堅的《憶帝京》、周邦彥的《青玉案》抄在下邊，以便檢討。

憶帝京

　　銀燭生花如紅豆，占好事、如今有。人醉曲屏深，借寶瑟、輕招手。一陣白蘋風，故滅燭、教相就。　　花帶雨、冰肌相透。恨啼鳥、轆轤聲曉，岸柳微涼吹殘酒。斷腸時、至今依舊。鏡中消瘦。那人知後，怕夯你來僝僽。

青玉案

　　良夜燈光簇如豆。占好事、今宵有。酒罷歌闌人散後。琵琶輕放，語聲低顫，滅燭來相就。　　玉體偎人情何厚。輕惜輕憐轉唧𠲿。雨散雲收眉兒皺。只愁彰露，那人知後。把我來僝僽。

　　這三首詞，內容基本相同，但在表述上略有差異。其差別是：秦、黃詞中樂器是寶瑟，周詞是琵琶，一也；秦、黃詞的描寫大體一致，周詞則更爲細膩地描寫了男女體膚接觸的感受，更有刺激性，

〔註3〕　張宗橚：《詞林紀事》，第 432 頁，上海古籍出版社，1998。
〔註4〕　馬興榮、況振玉校注：《山谷詞》，第 50 頁，上海古籍出版社，2001。
〔註5〕　周邦彥：《清眞集》，第 113 頁，中華書局，1981。

二也；最後一句，意思不相同，秦詞說妻子知道後，怕你埋怨她。黃詞說，怕妻子知道後，經常埋怨你。周詞則說，怕你妻子知道後，經常埋怨我，三也。

在三個有名的宋人大家名下，出現了內容相同字句略有改易的一首詞，這種現象是非常少見的，也是值得我們深思的。

詞的創作在當時士大夫看來，並非是「經國之大業，不朽之盛事」〔註6〕，而是一種顯示個人才情的「伎藝」，可以在大宴賓客時助興。如晏殊寫詞，即為「汝曹呈藝已畢，吾亦欲呈藝」〔註7〕。或如歐陽修所謂：「因翻舊闋之辭，寓以新聲之調，敢陳薄伎，聊佐清歡。」〔註8〕而歌伎們為了適應市民欣賞的口味，招來更多的聽眾，需要唱一些軟綿綿的艷曲或酸曲。若將文人的風流韻事，寫成唱詞，更能叫座。因此，請其熟交的文人填寫俗曲艷詞，供她們歌唱，成為一時的風氣。秦觀、黃庭堅、周邦彥雖然不一定像柳永那樣「唱新詞，改難令，總知顛倒。解刷扮，能唲嗽，表裏都峭」（《傳花枝》），是能寫、能彈、能唱的一代風流才子，但卻都是寫艷詞的能手，至今在其集子中，存在數量較多質量較高的艷詞。寫作艷詞，或是北宋文人應歌的需要。周濟曾言：「北宋有無謂之詞以應歌。」〔註9〕為了應歌，幾乎所有的名家都寫艷詞，如晏殊、張先、歐陽修、晏幾道、賀鑄等，甚至像寇準、范仲淹那樣的名臣，司馬光那樣的正統文人，都寫過一些艷詞。江尚質云：「賢如寇準、晏殊、范仲淹、趙鼎，勛名重臣，不少豔詞。」〔註10〕可見寫艷詞不是一些個別作家的個別創作現象，而是當時詞壇創作的一種社會風氣，是一種爭取聽眾、取悅市民的創作手段。

〔註6〕　郭紹虞：《中國歷代文論選》（一卷本），第61頁，上海古籍出版社，2001。

〔註7〕　丁傳靖：《宋人軼事匯編》，第292頁，中華書局，1981。

〔註8〕　唐圭璋：《全宋詞》，第121頁，中華書局，1965。

〔註9〕　唐圭璋：《詞話叢編》，第1629頁，中華書局，1986。

〔註10〕　唐圭璋：《詞話叢編》，第760頁，中華書局，1986。

　　宋人填詞，尤其是艷詞，往往是應歌的需要。那麼，秦觀《御街行》、黃庭堅《憶帝京》、周邦彥的《青玉案》，內容沒有改變，僅個別字句做了一些調整，我們有理由認為是因應歌的需要而產生的，是不同的作者在不同的時間、地點為不同的歌者特意改寫的。或因秦觀的《御街行》最為流行，而另一歌伎則擅長唱《憶帝京》，她又特別喜歡秦觀《御街行》的內容，遂請黃庭堅將《御街行》字句略為改動，以適應《憶帝京》的曲調；後來又有歌伎擅長唱《青玉案》，遂請周邦彥將《御街行》略作調整，以符合《青玉案》詞調。黃庭堅、周邦彥將秦觀的《御街行》詞句略作變動，成為一首新詞，完全是為了應景，根本就沒有想到此詞借他們在詞壇的聲譽，竟能流傳後世，並且在作者問題上，成為後人難解之謎。而這些歌伎則看重他們的文名，以其所改之詞，特意昭示，大肆宣傳，借以招徠聽眾。如此這般，歌者將其擅長的詞的曲調，請名家為她們將其原來喜歡的詞加以調整，遂出新腔，並擅一時之美。這首以詞壇名宿風流韻事為內容的詞，就可能引起了相當的轟動效應，取得了很高的「票房價值」，達到了她們請名人改詞的目的。有人將歌伎演唱的《憶帝京》、《青玉案》記錄下來，並載入有關典籍，遂出現了與秦觀《御街行》內容相同的另兩首詞。如此等等，很可能就是這兩首詞產生的真實情景。

　　以上是我對《御街行》衍變的推測，雖帶有極大的主觀性，但窺諸宋人詞的創作實際以及對詞的看法，當是接近或竟與事實完全合拍的。但對黃庭堅、周邦彥來說，其詞只是改編而非創作。猶如我們把王實甫的《西廂記》改為京劇或秦腔。只因當時人並不重視詞的主體創作，改編與創作界限就不那麼明晰了。張志和的《漁父》，蘇軾、黃庭堅將其改為《浣溪沙》就是明證。類似的情況，在《全宋詞》中不乏其例。從沒有人懷疑蘇軾、黃庭堅對於《浣溪沙》的著作權，那我們又何必對黃庭堅《憶帝京》、周邦彥《青玉案》著作權有所保留或懷疑呢？

　　作為填詞，既可融化前人的詩句，也可直接攫取前人的詩句，為

我所用，採取「拿來主義」。晏幾道的「落花人獨立，微雨燕雙飛」（《臨江仙》），被詞論家譚獻讚爲「名句千古，不能有二」〔註11〕，其實是借用五代翁宏的詩句；秦觀的「寒鴉數點，流水繞孤村」（《滿庭芳》），被著名詞人晁補之譽爲是「天生好言語」〔註12〕，其實是因襲隋煬帝楊廣的詩句。這是「拿來主義」成功的典型例證。這種借用古人詩句的例證，在北宋詞人的詞集中大量存在，可謂俯拾即是。還有諸多的檃括詞。其創作等於壓縮改寫別人的詩、文以適應詞調。在他們看來，根本不存在因襲，更無所謂「版權糾紛」。既然如此，那麼，詞人將一首舊詞改易字句以適應新的詞調，那又算得了什麼呢？詩莊詞媚，對於帶有遊戲娛樂性質的詞，宋人對其著作權，並不是十分看重的。因此，出現與前人詞意雷同的詞，並不奇怪。

從一些史料看，秦觀、黃庭堅、周邦彥都與一些歌伎有過頗爲密切的交往。謝桃坊說柳永「是書會才人的先行者」〔註13〕，那麼，晚於柳永的秦、黃、周在與歌伎的交往過程中，都曾經充當了準書會才人的角色，他們不僅是這些歌伎的聽眾和欣賞者，而且是歌詞的修改者或作者。在這種情況下，應其要求修改唱詞，自然是情理中的事了。總之，關於這三首詞的創作，只要將其放在文人寫詞應歌、遣興娛賓的這種創作環境來看，它出於三個大家之手，是完全符合情理的。因此，對於其歸屬的問題，大可不必費詞討論了。

六、《全宋詞》補遺五首

《全宋詩》卷一二一四收釋子淳《漁父詞五首》，其詞云：

　　鶴髮漁翁歲莫論，桑田幾變爾常存。紅蓼岸，荻花村，水月虛明兩不痕。

　　舉目誰親無可攀，翛然獨對水雲閒。山色裏，浪花間，妙體堂堂不露顏。

〔註11〕 唐圭璋：《宋詞三百首箋注》，第 41 頁，上海古籍出版社，1979。
〔註12〕 唐圭璋：《宋詞三百首箋注》，第 68 頁，上海古籍出版社，1979。
〔註13〕 謝桃坊：《柳永詞選評》，第 75 頁，上海古籍出版社，2002。

　　青虛爲釣復爲鈎，斷索籃兒沒底舟。隨放蕩，任橫流，
玉浪誰中得自由。

　　輕泛蘭舟如海涯，拋鈎擲線莫遲疑。驪龍子，世鰲兒，
不犯清波釣得伊。

　　釣盡江湖曉色分，數聲蕭笛韻凌雲。波浩渺，霧氛氳，
鼓棹回舟望海垠。

此爲詞非詩甚明，《全宋詩》收入，誤。檢《全宋詞》、《全宋詞補輯》，
均失收，擬據補。

《宋詞三百首續編》與「正編」有重出

　　浙江古籍出版社出版的吳熊和先生編選的《宋詞三百首續編》，是爲續朱孝臧的《宋詞三百首》而編，二者合爲一冊，作爲該社「幽蘭珍叢」的一種，確有著特有的馨香。朱選在學界早就享有很高的聲譽，吳先生在《宋詞三百首續編序》中，十分推崇朱選，但又指出其「唯爲成數所限，每多遺珠之憾，」「暇日故爲之續編，以求劉勰所云『斟酌乎質文之間，而隱括乎雅俗之際』，庶幾免乎『各照隅隙，鮮觀衢路』之譏，或可爲前賢嗣響云爾。」吳先生善操選政，曾有宋詞選本多種，他慧眼識珠，且略含糾偏之意。因此兩種選本合在一起，珠聯璧合，相得益彰，宋詞精華，網羅殆盡。

　　然此書也偶有疏失，它將並非遺珠的珠子也網羅進來，以致前後重複，疊床架屋，造成不必要的浪費。如姜夔的《念奴嬌》「鬧紅一舸」、張炎的《八聲甘州》「記玉關踏雪事清遊」均重出。兩首《念奴嬌》（含序），其標點符號有九處不同，兩首《八聲甘州》（按，吳選作《甘州》），其標點符號有四處不同，且兩處在詞律的頓處，標點用否，涉及詞律的正誤。這些都不能不說是一種疏失。雖然正續編的標點，不一定出自一人之手，未必就是吳先生的過失，但說明該書標點存在著相當的隨意性。

關於詞的借境問題的檢討

一

北宋人寫的詞中，往往借用了前人詩句，或修改前人的詩句以入詞，卻能做到渾然一體，似是天成，毫無拼接的痕迹。我們把這種借用古人詩的成句來抒發自己一時感情的寫作手段，姑且稱之爲「借境」。因爲它不是詞人自己獨特的創造，而是從前人詩的「武庫」中借來的。詞的這種借境現象，前人每每論及。

　　唐韓翃詩云：「門外碧潭春洗門，樓前紅燭夜迎人。」
　　近世晏叔原樂府詞云：「門外綠楊春繫馬，床前紅燭夜呼盧」，氣格乃過本句，不謂之剽可也。（陸游《老學庵筆記》）

　　「寒鴉千萬點，流水繞孤村」，隋煬帝詩也。「寒鴉數點，流水繞孤村」，少游詞也。語雖蹈襲，然入詞尤是當家。
（王世貞《藝苑巵言》）

陸游謂晏幾道詞雖用了唐人韓翃詩句，但氣格超過原詩，可以不算剽竊；王世貞以爲秦觀雖襲用了楊廣的詩句，卻更爲當行，境界超過了原詩。陸游、王世貞的觀點都很有道理，他深刻地揭示了詩詞創作，有著迴然不同的情境格調。因爲，同樣的詩句放在不同的詩詞中，藝術效果往往迴異。楊萬里稱贊晏幾道的詞說：「惟晏叔原云『落花人

獨立，微雨燕雙飛』，可謂好色而不淫矣。」〔註1〕為楊萬里艷稱的這兩句詞，原是五代詩人翁宏《宮詞》中的兩句詩。這兩句詩，並未引起詩論家的重視，一旦入詞後，則甚為詞論家所稱道。陳廷焯云：「『落花』十字，工麗芊綿。」〔註2〕又云：「『落花』十字，自是天生好言語。」〔註3〕譚獻云：「『落花』二句，名句，千古不能有二。」〔註4〕陳廷焯又云：「小山詞，如『去年春恨卻來時。落花人獨立，微雨燕雙飛』，又『當時明月在，曾照彩雲歸』，既閒雅，又沉著，當時更無敵手。」〔註5〕秦觀用楊廣的兩句詩，晁無咎稱為「天生好言語」。而楊廣、韓翃、翁宏的原詩，並不為人所推崇，只因後來的詞人借用了，在詞中才身價倍增，成了家傳戶誦的名句，而原詩則仍受冷落。有的研究家博覽群書，或有人注詞找出典，才偶然發現這些詞人的某些名句，原來是襲用前人詩句，而非他天才創造，然對原作仍不甚推崇。馮振先生嘆息道：「然翁詩不著，而晏詞稱誦於人口，豈非有幸有不幸邪！」〔註6〕某些詩句轉成詞句，何以如此有幸？這猶如聞名遐邇的美婦，她在娘家做姑娘時，其姿容並不為人所識，出嫁後，卻出脫得水靈漂亮，特別引人注目。由此而追本溯源，其實，她在娘家當姑娘時，容貌平平。今日的容貌出眾，並未能為當年的體貌增價。這雖不能說大煞風景，但確實並未引起論者的熱情。為什麼同樣的句子放在詩中並不顯眼，而把它移到詞中卻非常耀眼，異常生動？這是很值

〔註1〕 楊萬里：《誠齋詩話》，引自張草紉《二晏詞箋注》，第283頁，上海古籍出版社，2008。

〔註2〕 陳廷焯：《詞則》，引自張草紉《二晏詞箋注》，第284頁，上海古籍出版社，2008。

〔註3〕 陳廷焯：《詞則》，引自張草紉《二晏詞箋注》，第284頁，上海古籍出版社，2008。

〔註4〕 譚獻：《復堂詞話》，引自張草紉《二晏詞箋注》，第284頁，上海古籍出版社，2008。

〔註5〕 陳廷焯：《白雨齋詞話》，第11頁，人民文學出版社，1959。

〔註6〕 馮振：《自然室詩稿與詩詞雜話》，第226頁，廣西師範大學出版社，1989。

得研究的。這除了詩人在詩詞中描寫的意境不同以外，與詩詞本身有著不同的格調與情境，有著很大的關係。上引詩句是適於表現詞的格調與情境，而不適於詩的格調與情境的緣故。

借境現象，在詩中是不多見的。詩中偶有借境，或化用古人詩句，為之化境；或徑直引用古人詩句，修辭學上稱之為「引用」，這在李白詩中多有。如「解道澄江靜如練，令人常憶謝玄暉」（《金陵城西樓月下吟》）；「我吟謝朓詩上語，朔風颯颯吹飛雨」（《酬殷明佐見贈五雲裘歌》）。前者引謝朓《晚登三山還望京邑》原句，後者引謝朓《觀朝雨詩》，加「颯颯」二字，這是直接引用。李、杜的名句，也經常被後人所借用。蘇軾《宿州次韻劉涇》云：「多情白髮三千丈，無用蒼皮四十圍。」陳與義《傷春》云：「孤臣霜髮三千丈，每歲煙花一萬重。」李白《秋浦歌》其十五說：「白髮三千丈，緣愁似個長。」杜甫《古柏行》說：「霜皮溜雨四十圍，黛色參天二千尺。」又在《傷春》第一首說：「關塞三千里，煙花一萬重。」這些詩句，被蘇、陳所引用。黃庭堅寫詩講究「點鐵成金」，多為借其境而又能脫胎換骨，所借之詩句面貌煥然一新，但也有被指斥為「特剽竊之黠者耳」（王若虛《滹南遺老集》）。其他詩人也偶用前人詩句，但不多，不像北宋人在詞中借用前人詩句那麼普遍，更不似詞借詩句那樣，遂因借境而愈顯。譬如晏殊詞：「無可奈何花落去，似曾相識燕歸來。」雖然借用了自己的詩句，卻使這兩句比在詩裏彰著了。同樣的詩句，在詩中並不顯眼、引人注目；放在詞中卻顯得十分精彩，甚至可以說光彩奪目。這種現象，是很值得我們深究的。

二

借境在北宋詞中，不是個別現象，而是較為普遍的現象。我們打開一部詞籍，往往會發現有許多借境的現象存在。賀鑄、周邦彥、黃庭堅等人的詞中，都有許多借用的詩句，這已為前人所指出。

　　《宋史・賀鑄傳》云：「博學強記，工語言，深婉麗密，如次組繡。尤長於度曲，掇拾人所棄遺，少加隱括，皆為新奇。嘗言：『吾筆端驅使李商隱、溫庭筠，常奔命不暇。』」〔註7〕沈義父《樂府指迷》云：「凡作詞，當以清眞為主。蓋清眞最為知音，且無一點市井氣。下字運意，皆有法度，往往自唐宋諸賢詩句中來，而不用經史中生硬字面。」〔註8〕胡適則謂：「周邦彥讀書甚博，詞中常用唐人詩句，而融化渾成，意同自己鑄詞一樣。」〔註9〕

　　賀鑄所謂「吾筆端驅使李商隱、溫庭筠，常奔命不暇」。沈義父說清眞詞「往往自唐宋諸賢詩句中來」；胡適所謂周詞「常用唐人詩句，而融化渾成」。都說明賀鑄、周邦彥在詞的創作中，吸收、融化或直接使用了唐人詩句，卻能夠水乳交融、渾然天成，和自己的創作一樣，這就相當高明了。其實晏殊、歐陽修、蘇軾、黃庭堅等人，也和賀鑄、周邦彥一樣，在其詞的創作中，都徑直引用了一些唐人詩句，而無拼湊之感。可見，在詞的創作中引用前人詩句，這是為北宋詞人所認同的。他們在詞的創作中，引用前人的詩句是相當普遍的。對此，我們分下面兩點來談。

　　第一為衍詞，全詞即由舊詩敷衍鋪敍而成。如賀鑄的《晚雲高》：「秋盡江南草未凋，晚雲高。青山隱隱山迢迢，接亭皋。二十四橋明月夜，弭蘭橈。玉人何處教吹簫？可憐宵。」此詞即由杜牧的七絕《寄揚州韓綽判官》一詩衍展而成。

　　關於衍詞，古代詞論家多有論述。沈雄云：「賀方回衍『秋盡江南葉未凋』，陳子高衍『李夫人病已經秋』，全用舊詩而為添聲也。」〔註10〕王士禎云：「蘇東坡之『與客攜壺上翠微』（《定風波》），賀東山之『秋盡江南草未凋』（《太平時》），皆文人偶然遊戲，非向《樊

〔註7〕　《宋史・賀鑄傳》，引自鍾振振校注《東山詞》，第525頁，上海古　　　　籍出版社，1989。
〔註8〕　蔡嵩雲：《樂府指迷箋釋》，第44頁，人民出版社，1963。
〔註9〕　胡適：《胡適選唐宋詞三百首》，第136頁，東方出版社，1995。
〔註10〕　唐圭璋：《詞話叢編》，第842頁，中華書局，1986。

川集》中作賊。」〔註11〕

這種由古人詩作通過「添聲」衍展而成的詞，是詞人「偶然遊戲」，而非明目張膽的「作賊」。文人填詞，本來就沒有像寫詩那麼鄭重。詞從它產生的那一天起，就含有較多的遊戲、娛樂的成分。衍展詞不過是文人「依聲填詞」，應景或娛樂、遊戲罷了。儘管它已經完全隱括了原詩，然其情調、韻味畢竟不同了。質言之，它已經飽含著詞的韻味，並能被之管弦，與原詩迥不相同了。

衍詞的創作，除了沈雄、王士禎提到的陳子高、蘇軾，還有許多人都寫過衍詞，即以賀鑄詞來說，《替人愁》「風緊雲輕欲變秋」即衍杜牧《南陵道中》絕句而成；《釣船歸》「綠盡春深好染衣」即由杜牧《漢江》絕句添聲而成。張志和的《漁父》詞，也被許多人敷衍，寫成了新的詞。對此，《能改齋漫錄》卷十六，有生動詳明的記載：

> 徐師川云：「張志和《漁父詞》云：『西塞山邊白鷺飛，桃花流水鱖魚肥。青箬笠，綠蓑衣，斜風細雨不須歸。』顧況《漁父詞》：『新婦磯邊月明，女兒浦口潮平，沙頭鷺宿魚驚。』東坡云：『玄真語極清麗，恨其曲度不傳。』加數語以《浣溪沙》歌之云：『西塞山邊白鷺飛，散花洲外片帆微，桃花流水鱖魚肥。自庇一身青箬笠，相隨到處綠蓑衣，斜風細雨不須歸。』山谷見之，擊節稱賞，且云：『惜乎散花與桃花字重疊，又漁舟少有使帆者。』乃取張、顧二詞合而爲《浣溪沙》云：『新婦磯邊眉黛愁，女兒浦口眼波秋。鷺魚錯認月沉鉤。青箬笠前無限事，綠蓑衣底一時休，斜風細雨轉船頭。』東坡云：『魯直此詞，清新婉麗，其最得意處，以山光水色替卻玉肌花貌，真得漁父家風也。然才出新婦磯，便入女兒浦，此漁父無乃太瀾浪乎？』山谷晚年，亦悔前作之未工。因表弟李如箎言《漁父詞》，以《鷓鴣天》歌之，甚協律，恨語少聲多耳。以憲宗畫像求玄真子文章，及玄真之兄松齡勸歸之意，足前後數句云：『西

〔註11〕 唐圭璋：《詞話叢編》，第 676 頁，中華書局，1986。

　　塞山前白鷺飛，桃花流水鱖魚肥。朝廷尚覓玄真子，何處
　　而今更有詩？青箬笠，綠蓑衣，斜風細雨不須歸。人間欲
　　避風波險，一日風波十二時。』東坡笑曰：『魯直乃欲平地
　　起風波耶？』」徐師川乃作《浣溪沙》、《鷓鴣天》各二闋，
　　蓋因坡、谷異同而作。

蘇軾、黃庭堅諸人的新詞，可以說是張志和、顧況詞的翻版，並無多
少新意。

　　衍詞的內容、主要語詞都是原詩或原詞所有的，主要是衍調、衍
聲，既能被之管弦，又有了新的不同於原來的情調。內容的因襲與聲
調的變換是其主要特色，如果說它有些許新的創造的話，那主要是音
樂的而非文學的。這種衍詞的產生，完全是適應樂人歌唱的需要，是
市民文學勃興對詞的創作的一種推動。

　　第二是以前人的詩句入詞。北宋人填詞，往往以前人的詩句入
詞，順手拈來寫一時之情趣，渾然天成，如出肺腑。這種情境在宋詞
中相當普遍，可以說俯拾即是。現以歐陽修詞為例：

　　　傷懷離抱，天若有情天亦老。(《減字木蘭花》)

　　　愛道畫眉深淺、入時無？(《南歌子》)

　　　平山闌檻倚晴空，山色有無中。(《朝中措》)

「天若有情天亦老」，為李賀《金銅仙人辭漢歌》詩中成句；「畫眉深
淺入時無」為朱慶餘《近試上張水部》詩中成句；「山色有無中」為
王維《漢江臨眺》詩中成句。這種以前人詩句入詞的詞，寫得如此自
然渾成，絲毫不留因襲舊作的迹痕。

　　關於詞的借句，前人多有論述。沈祥龍《論詞隨筆》云：「用成
語，貴渾成，脫口如出諸己……歐陽永叔『平山闌檻倚晴空，山色有
無中』用王摩詰句，均妙。」〔註12〕這種引用前人詩句渾然天成，「脫
化如出諸己」，毫無襲用痕迹的創作現象，在北宋詞人的集子中，可
謂比比皆是。如賀鑄的「天際識歸舟」(《憶仙姿》)、「燈前細雨簷花

─────────────

〔註12〕 唐圭璋：《詞話叢編》，第 4059 頁，中華書局，1986。

落」（《憶秦娥》）、「芭蕉不展丁香結」（《石洲引》）、「人歸落燕後，思發在花前」（《雁歸後》），晁端禮「香霧雲鬟濕，清暉玉臂寒」（《南歌子》），分別用了謝朓、薛道衡、杜甫等人的詩句。

　　有些詞在借用前人詩句時，爲了諧聲，將詩句略作改變，而詩境以仍其舊。譬如晁補之的「水窮行到處，雲起坐看時」（《臨江仙》），蘇軾的「欲待曲終尋問去，人不見，數峰青」（《江城子·湖上與張先同賦》），分別將王維《終南別業》「行到水窮處，坐看雲起時」與錢起《湘靈鼓瑟》「曲終人不見，江上數峯青」作了諧調音調的處理，創造出另一種詞的境界。

　　還有一種類似集句詞的詞，如宋祁《鷓鴣天》：

　　　　畫轂雕鞍狹路逢。一聲腸斷繡簾中。身無彩鳳雙飛翼，
　　心有靈犀一點通。　　金作屋，玉爲籠。車如流水馬游龍。
　　劉郎已恨蓬山遠，更隔蓬山幾萬重。

此詞三、四兩句，是李商隱《無題》「昨夜星辰昨夜風」的頷聯；最後兩句是李商隱《無題》「相見時難別亦難」的尾聯，「幾」作「一」。「車如流水馬游龍」是李煜《望江南》「多少恨」詞的第四句。總之，此詞的主要詞句是借用別人的，但卻仍不失是一首渾然天成的詞。

　　又如滕宗諒《臨江仙》：

　　　　湖水連天天連水，秋來分外澄清。君山自是小蓬瀛。
　　氣蒸雲夢澤，波撼岳陽城。　　帝子有靈能鼓瑟，淒然依
　　舊傷情。微聞蘭芝動芳馨。曲終人不見，江上數峯青。

「氣蒸」二句出自孟浩然《臨洞庭湖贈張丞相》詩；「曲終」二句出自錢起《湘靈鼓瑟》。此詞雖然借用了孟浩然、錢起詩中的成句，但卻能夠做到圓融無迹，渾然一體。誠如孫兆桂所說：「蓋古人名句，誰不習聞。適於景合，隨觸而來，固無意於蹈襲也。」〔註13〕這些詞人，他們都有很高的文化素養，對舊詩是那麼熟悉。當他「適於景合」

〔註13〕　唐圭璋：《詞話叢編》，第 1664 頁，中華書局，1986。

時，就脫口而出，簡直分辨不出是自己的創作，抑或是蹈襲了。

餘如歐陽修《朝中措》的「平山闌檻倚晴空，山色有無中」，「山色有無中」本來就是借用王維的詩句，而蘇軾的《水調歌頭·黃州快哉亭贈張偓佺》「認得醉翁語，山色有無中」，則可算作借作的再借用了。這種轉借的引用，寫出了一種新的境界。鄭文焯云：「此等句法，使作者稍稍矜才使氣，便入粗豪一派，妙能寫景中人，用生出無限情思。」〔註14〕胡仔謂此詞：「絕去筆墨畦徑間，直造古人不到處，真可使人一唱而三嘆。」〔註15〕

由此可見，詞的借境現象是普遍的，其方式也是多種多樣的。它雖然是將別人的詩句順手拈來，爲我所用，但卻妥帖、渾成，恰到好處，如出諸己。這種特殊的創作，在北宋詞中可算是一種成功的創造。

三

詞的借境之所以那麼普遍，詞論家不以爲非，時或有讚賞之語，與詞的性質、詞人的創作思想有著密切的關係。

詞爲艷科，填詞本來就不是要抒發頗爲莊重甚至神聖的感情。宋代詞人填詞，又多係爲應歌應社而作，寫詞在很多場合很大程度上是爲了應景。他的詞要討得市民的喜歡，是帶有娛樂和媚俗性質的，而不是想藏之名山、傳之後世。因此能從「詩言志」的桎梏中徹底解放出來，不爲傳統的儒家文藝觀所束縛，不受各種創作教條的局限。對於適於表達一時情懷的古人詩句，或則不經意拿來，爲我所用；或雖經尋覓、推敲而找不到比古人詩句能更好地表達一時感情的，就斷然引用古人詩句。這雖然是借用古人的成句，但因爲是詞人在興致淋漓的創作過程中借用的，古人的詩句，完全融化到詞人創作的境界、語境、情境之中，因此有偶得之妙。全詞渾然天成，暢達協調，絕無拼湊焊接之感。古人的詩句和詞人自己的創作水乳交融，已不能句字賞

〔註14〕 唐圭璋：《詞話叢編》，第 4325 頁，中華書局，1986。
〔註15〕 施蟄存、陳如江：《宋元詞話》，第 267 頁，上海書店出版社，1999。

摘。這是一種特殊的創作現象，與因襲或剽竊，是絕對無緣的。

　　誠如李清照所說「詞別是一家」，它的韻律、情調、意境，都有別於詩。因此，人們對詩詞的審美意識，也迥然有別。有些詩句，並非詩的名句，卻因為詞的借用，而成為流傳千古的名句。也就是說，它的廣泛流傳是因為詞的而非詩的，因為詞的借用而煥發了耀眼的經久不息的光彩。如上所述，秦觀「寒鴉數點，流水繞孤村」、晏殊「無可奈何花落去，似曾相識燕歸來」、晏幾道「落花人獨立，微雨燕雙飛」等皆是如此。這是因為「詩莊詞媚」、「詩硬詞軟」的緣故。有些詩句，在詩中，顯得輕軟嫵媚，柔弱無骨。將它放在詞中，卻顯得那麼順溜、妥帖、自然、本色，而又有著豐富的意蘊，令人格外刮目相看了。詩詞的體格迥別，由此可見一斑。

　　北宋的詞人，同時也多是詩人，能詞而不能詩的，找不出幾個人來。古代的詩人，素有學養，何況宋人以才學為詩，他們大都才富八斗，熟讀五車，對於古代典籍，如數家珍，對古人的詩篇，多能成誦，至於名章雋語，更是了然於胸了。這種知識的豐厚積澱，是填詞借境的文化基礎。當他進入詞的創作狀態。在情景相會時，古人的詩句，往往湧上腦際，順手拈來，十分便當。這就使詞的借境成為現實，借境也就成為詞人經常使用的創作手段了。

<h2 style="text-align:center">四</h2>

　　借境是在詞人感情激動、興致淋漓的創作過程中產生的。因此，一般說來都是成功的，也是值得肯定的。但也要適可而止，恰到好處，以適度為限。借境是表達感情、描寫意境的需要，捨此而借境，就可能墮入文字遊戲的惡趣。宋人寫的諸多詞，都曾經襲用張志和的《漁父》詞，如蘇軾《浣溪沙》「西塞山前白鷺飛」，黃庭堅《鷓鴣天》「西塞山前白鷺飛」、《浣溪沙》「新婦磯頭眉黛愁」，徐俯《浣溪沙》「西塞山前白鷺飛」，《鷓鴣天》「西塞山前白鷺飛」等，這種陳陳相因、爭先襲用、毫無新意的詞作，不是創造性的借用，而是

詞人的文字遊戲。甚而，在詞的創作上，顯得有點技窮了。

關於詞的借境問題的得失，詞論家也有許多肯綮的論述：

吳衡照云：「詞有襲前人語而得名者，雖大家不免。如方回『梅子黃時雨』……惟善於調度，正不以有藍本爲嫌。」〔註16〕

黃裳云：「詞家多翻詩意入詞，雖名流不免。」他對馮延巳詞中用韓偓詩意評曰：「雖竊其意，而語加蘊藉。」對無名氏直用「見客人來笑和走，手搓梅子映中門」，以爲「語雖工，終智出人後」〔註17〕。

胡適云：「周邦彥……《夜游宮》上半用『東關酸風射眸子』，下半用『腸斷蕭娘一紙書』，皆是唐人詩句；但這兩句成句，放在自己刻意寫實的詞句裏，便只覺得新鮮而眞實，不像舊句了。南宋晚年的詞人只知偷竊李商隱、溫庭筠的字面——張炎《詞源》中有字面一章——便走入下流一路。」〔註18〕

馮振云：「周邦彥《金陵懷古》詞前半闋，全從劉夢得『山圍故國周遭在』一絕演成，毫無新意，尤覺乏味。」〔註19〕

從以上諸人的論述中可以看出，借境基本上是爲詞論家所肯定的，即「惟善於調度，正不以有藍本爲嫌」。調度的關鍵，是看所借詞語能否渾然融入詞人創作的心境，從而寫出完美的意境。成功的借境，「雖竊其意，而語加蘊藉」，「放在自己創意寫實的詞句裏，便只覺得新鮮而眞實」。這樣的借境，比自己的創作還要高妙。但詞畢竟是文學創作，要有創新，要有個性，這樣才能眞正獲得其永久的藝術生命力。借境「語雖工，終智出人後」，是告借而非己有，是因襲而非新創，就不免落伍。至於等而下之，便是敷衍舊作，毫無新意，殊覺乏味，「便走入下流一路」，這是對詞的創作的一種褻瀆，不可與詞人的詞作同日而語。

〔註16〕 唐圭璋：《詞話叢編》，第 2414 頁，中華書局，1986。
〔註17〕 唐圭璋：《詞話叢編》，第 695 頁、696 頁，中華書局，1986。
〔註18〕 胡適：《胡適選唐宋詞三百首》，第 136 頁，東方出版社，1995。
〔註19〕 馮振：《自然室詩稿與詩詞雜話》，第 227 頁，廣西師範大學出版社，1989。

關於宋詞的人物形象

　　論宋詞者，言意境，說境界，論析透闢，妙語紛排。然罕有人專論人物形象描寫者。因此，討論人物形象的描寫，直是天驚石破。宋詞作為古代抒情詩的一種，它是純情的，是個人感情的熔注，是玲瓏剔透的文字小品，供人欣賞，供人玩味，哪有什麼人物形象描寫？談到宋詞的人物形象描寫、塑造，簡直是天方夜譚，不值識者一哂之。依我笨想，提出這個問題被不屑一顧或嗤之以鼻，是免不了的。然閉目沉思，宋詞中那些活生生的人物形象，卻龍騰虎躍般地展現在我的面前。這些活生生的人物形象，在當今學術界似乎失去了它應有的光彩，頭上也沒有耀眼的光環。它的崇高的歷史地位，因為得不到人們的承認，有屈難伸，迫使它躲在暗處，嚶嚶哭泣。因此，敝人甘冒學界之大不韙，對此試作一點初步的檢討，誠惶誠恐地恭候著有識者的指教。

一

　　宋詞中有無人物形象塑造？對這一問題的回答，應當是肯定的。其存在形式有二：一曰詞人的自我形象描寫，這類詞可稱為抒情詞；二曰詞人描寫與塑造的人物形象，這類詞或可稱為敘事詞。前者每每為當今詞論家所論析，後者則罕有人論述或提及。故本文的重點，在

於對後者的揭示與闡釋。

先說詞中的自我形象。

所謂自我形象，就是詞人在詞中竭力表現的自己的形象，它是通過自我抒情表現的富有個性特色的活生生的人物形象。在寫法上，它往往是詞人感情的直接披露與展示。也就是說，它不是通過描寫手段，塑造的比較豐滿的人物形象，不是客觀圖畫的展示，而是主觀感情的流淌，由感情傾注而展示出來的形象。詞人感情既有自己的個性，又有較廣泛的階級或階層的代表性，因此，仍有著廣泛的現實意義。

自我形象在宋詞中是普遍存在的，詞中那些「名曲」的自我形象，尤為論者所關注。蘇軾《定風波》「莫聽穿林打葉聲」、黃庭堅《鷓鴣天・坐中有眉山隱客史應之和前韻，即席答之》、辛棄疾《鷓鴣天・有客慨然談功名，因追念少年時事，戲作》，都典型地抒寫了詞人的自我形象，得到了詞論家的普遍贊譽。蘇軾《定風波》寫他在暴風雨來臨之際而又因「雨具先去」時的狼狽處境，然他處之泰然，毫無驚恐之狀，充分表現了他性格的曠達。自然界這場暴風雨的來臨是偶然的，然他在此之前，已在政治上遭受過暴風雨的洗禮，驚魂未定。他在「烏臺詩案」之後，是被貶到黃州的。他在政治上遭到誣陷與迫害，性命幾於不保，然卻能夠做到事事處處淡定自若，沒有怯懼惶恐，顯示出他的品格之高尚與人格魅力之強。辛棄疾是在隆興和議 36 年後，他被免官閑居間寫的這首《鷓鴣天》詞。在詞中他回憶少年時的英雄壯舉，對照當前免官閑居的無奈處境，一生雖欲恢復故土，但在議和派的壓制阻撓下，壯志未酬，蹉跎至今，但仍無為國效力的機會，充分表現了他愛國抱負不能施展的苦悶。蘇軾、辛棄疾這兩首詞，其自我形象是生動而鮮明的，這早為人們所熟悉，故不必詞費詳說。我們無妨再看不大為人們所關注的黃庭堅的《鷓鴣天》詞：

> 黃菊枝頭生曉寒，人生莫放酒杯乾。風前橫笛斜吹雨，

醉裏簪花倒著冠。　　身健在，且加餐。舞裙歌板盡情歡。
黃花白髮相牽挽，付與傍人冷眼看。〔註1〕

此詞作於元符二年己卯（1099），時黃庭堅謫居戎州。他受新黨排擠、打擊，屢遭貶謫，然卻傲岸不屈，狂放自若。詞中抒寫的自我形象是典型的狂士：他飲酒狂歌，及時行樂，以至「醉裏簪花倒著冠」，詞中洋溢著憤激與抗爭精神，傲岸性格，咄咄逼人。

　　自我形象是通過詞人感情的直接抒發表現的，展示的往往是詞人的內心世界與精神狀態，它帶有濃鬱的主觀性。多見於豪放詞，特別是愛國詞人之詞，如岳飛的《滿江紅》「怒髮沖冠」、文天祥的《滿江紅·和》等，借自我抒情，表現一種極高尚的思想品格與境界，有著鮮明的形象。

　　再說塑造的形象：

　　詞人通過敘述、肖像描寫、細節描寫、人物對話等藝術手段，寫出較為豐滿的人物形象。比其小說、戲劇等長篇敘事性的作品來，它是粗線條的、或一星半點的，而非全方位的、精雕細刻的，然因其所寫或細節典型生動、或白描到位、或對話精彩、或特寫鏡頭突出，光彩照人，從而表現出人物形象特別突出的一面，因此，能給讀者留下極深刻的印象。它的主調是敘事的，我們無妨稱之為敘事詞。這些敘事詞，有些直如微型電影，其中有動作、有對話、有細節、有聲音，甚至還有情節。如李煜《一斛珠》〔註2〕：「曉妝初過，沈檀輕注些兒個，向人微露丁香顆。一曲清歌，暫引櫻桃破。羅袖裹殘殷色可，杯深旋被香醪涴。繡床斜憑嬌無那，爛嚼紅茸，笑向檀郎唾。」〔註3〕他著意寫了與小周后調情的一幕，展示了小周后的梳妝打扮，她那嬌娜地撒嬌，把一個少婦向男子挑逗、戲嬉的情景，寫得活靈活現。「給人印象最深的是結尾嚼絨唾檀郎的描

〔註1〕　馬興榮、祝振玉校注：《山谷詞》，第157頁。上海古籍出版社，2001。
〔註2〕　李煜生活的時代，前期南唐與大宋對峙，後期生活在宋朝，且其名作多在後期，故可以宋代詞人視之。
〔註3〕　詹安泰編注：《李璟李煜詞》，第16頁。人民文學出版社，1958。

寫，從這種動作中來表達出女人撒嬌的神態，在以前是沒有被發現過的」〔註4〕，這是對詞的藝術創新。這首詞的內容無甚意義，然藝術手法的表現是相當高明的，藝術形象是非常鮮明的。

　　歐陽修《南歌子》「鳳髻金泥帶」，描寫新婚生活的一幕，也是極爲精彩的：

　　　　鳳髻金泥帶，龍紋玉掌梳。走來窗下笑相扶。愛道畫
　　眉深淺、入時無。　　弄筆偎人久，描花試手初。等閒妨
　　了繡功夫。笑問雙鴛鴦字、怎生書？〔註5〕

此詞寫新婚蜜月之中新婦的歡樂情景：詞從新婦的梳妝打扮寫起，繼以「走來窗下笑相扶」，寫出新婦裊裊婷婷的輕盈體態和對新郎的愛戀深情。「愛道」二句，不著痕迹的化用朱慶餘詩句，點出新婚的撒嬌撒癡，以博新郎的讚賞。過片伸足上文，以行動突現伉儷情深。「等閒妨了繡功夫」，似對因在丈夫身邊耽延而消磨時光的惋惜，情緒稍微一頓，逗出最後一句並以問話結穴。這問話一語雙關，特別出彩。此詞在形象描寫上，有動作、有語言、有心理刻劃，各種藝術手段非常諧調，運用自如，使描寫人物動作與內心微妙活動，纖細畢現。把新婦寫得嬌聲如聞，憨態可掬，從而使人物形象鮮活而豐滿。以人物形象塑造說，這首詞在詞史具有開創性的地位。

　　蘇軾的《浣溪沙》「旋抹紅妝看使君」，則以點染筆法，寫出了生動的農民群像：「旋抹紅妝看使君，三三五五棘籬門。相挨踏破蒨羅裙。　　老幼扶攜收麥社，烏鳶翔舞賽神村。道逢醉叟臥黃昏。」〔註6〕這首詞既用重筆寫了少女邊梳妝打扮邊奔走相告，擁擁擠擠爭先恐後看太守的熱鬧場面，充分表現了她們的活潑好奇，展現出他們的青春活力；又寫了收麥社的人群與黃昏醉臥的老叟。既有特寫鏡頭，又有全場景掃描，生動地寫出了農村景象。踏破蒨羅裙這一細節非常生動地展示了少女爲看太守爭先恐後的熱鬧場景。餘如

〔註4〕　詹安泰編注：《李璟李煜詞》，第18頁。人民文學出版社，1958。
〔註5〕　邱少華：《歐陽修詞新釋輯評》，第180頁。中國書店，2001。
〔註6〕　鄒同慶、王宗堂著：《蘇軾詞編年校注》，第232頁。中華書局，2002。

李清照《點絳唇》「蹴罷秋千」、劉克莊《清平樂・贈陳參議師文字侍兒》等詞，描寫人物形象，都是相當出色的。

　　對於這類著意描寫人物形象的詞作，當今詞論家已作過一些精彩的闡釋，指出其有類似小說、戲劇敘事的特點。詹安泰先生在評李煜《菩薩蠻》「花明月暗籠輕霧」時說：它「簡直是衝破了抒情小詞的界域而兼有戲劇、小說的情節和趣味。」〔註7〕其說極是。你看：「花明月黯籠輕霧，今宵好向郎邊去！剗襪步香階，手提金縷鞋。　　畫堂南畔見，一向偎人顫。奴為出來難，教郎恣意憐。」〔註8〕在一個鮮花正開朦朧淡月迷蒙輕霧的環境裏，一個女子雙襪踏地，一手提鞋，帶著慌忙的神色而又輕捷地跑到畫堂南邊，依偎著心愛的人微微發抖，激動地說出心裏話，場景、動作、語言何等鮮明，多富於戲劇性啊！劉揚忠先生在評晏殊《破陣子・春景》時說：「作者具有小說家描寫人物形象和故事情節的能力。」〔註9〕你看：「巧笑東鄰女伴，採桑徑裏逢迎。疑怪昨宵春夢好，元是今朝鬥草贏。笑從雙臉生。」〔註10〕情節曲折，人物形象生動。這兩首詞，都衝破了小詞僅能抒情的界域，而有了小說、戲劇等敘事文學運用故事情節塑造人物形象的特點，很有創新因素。我們可以毫無誇張地說，它吸納了小說戲劇描寫人物的技法，表現出創造的張力。

　　敘事詞是一種篇幅短小的作品，且受詞調的限制，不能肆意舖陳，往往是點到為止。然藝術高明的作者，能夠充分發揮其藝術創造性，且詞體本身也有其優勢：能寫得精粹、含蓄、雋永。因此，詞人所寫的敘事詞，往往都是詩味濃鬱、十分精彩的作品。

二

　　多樣性是宋詞人物形象塑造的一個重要特點。

〔註7〕　詹安泰編注：《李璟李煜詞・前言》，第16頁。人民文學出版社，1958。
〔註8〕　詹安泰編注：《李璟李煜詞》，第25頁。人民文學出版社，1958。
〔註9〕　劉揚忠：《晏殊詞新釋輯評》，第191頁。中國書店，2003。
〔註10〕　劉揚忠：《晏殊詞新釋輯評》，第190頁。中國書店，2003。

在宋詞裏，有著形形色色的人物形象，活躍著各有個性特色的種種人物：上至皇帝與朝廷的封疆大吏，下至士農工商以及隱士與歷史人物，構成一部頗爲壯闊的詞的形象史。這種類繁多的色色人物形象的展示，足以破除宋詞反映生活狹窄的偏見。

首先引起我們關注的是王觀的《清平樂·應制》。這首奉旨而作的小詞，將皇帝漫畫化了。詞人是以戲謔的口吻，揭開了蓋在皇帝頭上的神聖面紗，暴露了他不理國政貪戀女色的醜惡嘴臉。詞曰：

> 黃金殿裏，燭影雙龍戲。勸得官家眞箇醉，進酒猶呼萬歲。　　折旋舞徹伊州。君恩與整搔頭。一夜御前宣住，六宮多少人愁。〔註11〕

詞的上闋寫皇帝與嬪妃親昵嬉戲，下闋寫嬪妃因舞伊州而引起皇帝的歡心，賜予搔頭，並命侍寢，遂使「六宮多少人愁」，有眾多的失寵者產生怨望。這是寫給神宗皇帝的應制詞。神宗是北宋一位較有作爲的皇帝，皇帝與嬪妃的嬉戲也是常有的，詞人把這種司空見慣的現象，以輕佻滑稽的口吻寫出，畫出了他貪戀女色的眞實嘴臉，對其作了尖刻的諷刺與暴露，因此觸怒了最高統治者。據吳曾《能改齋漫錄》記載：「高太后以爲媟瀆神宗，翌日罷職，世遂有逐客之號。」〔註12〕將其逐出朝廷了之，俾使耳邊清靜。

宋代積貧積弱，經常受到金國與西夏的侵擾。南宋政權，更是偏安一隅。但統治者耽於安樂，不思恢復國土，卻過著紙醉金迷的生活。許多愛國志士，思欲奮起抗金，收復失地，恢復中原。然其愛國行爲根本得不到最高統治者的支持，反而受到種種壓制，壯志無由伸展。岳飛、辛棄疾、陳亮、陸游的詞裏，都寫了一些愛國志士的形象。此類詞較多，詞中的人物形象豐滿，頗有生氣。

著名的愛國將領岳飛，本來懷有「駕長車踏破賀蘭山缺」之壯志，贏得朝野的稱譽，受到廣大人民的支持。然因朝中大權掌握在

〔註11〕　唐圭璋：《全宋詞》，第 261 頁。中華書局，1965。
〔註12〕　施蟄存、陳如江：《宋元詞話》，第 211 頁。上海書店出版社，1999。

議和派手中，其「收拾舊山河」之志不得伸展，遂充滿了抑鬱的情懷。《小重山》詞寫其愛國情懷不爲朝廷理解，遂使壯志難酬的深沉痛苦。詞云：

> 昨夜寒蛩不住鳴。驚回千里夢，已三更。起來獨此繞階
> 行。人悄悄，簾外月朧明。　　白首爲功名，舊山松竹老，
> 阻歸程。欲將心事付瑤琴。知音少，絃斷有誰聽。〔註13〕

收復舊河山恢復故土，是他夢寐以求的理想，由於議和派的阻撓，壯志無由伸展，遂產生了惆悵苦悶的心情。詞的上闋，寫了他理想與現實的深刻矛盾與衝突，下闋進一步寫壯志難酬之鬱悶。結尾寫「眾人皆醉我獨醒」的孤獨與悲苦情懷。此詞情感深沉，形象豐滿。在議和派主政的時期，抗金的愛國志士是遭到排擠壓抑的。因此，同類作品較多，譬如陸游的《卜算子·詠梅》，借梅花的不幸遭遇，抒寫自己遭受投降派排擠、打擊而不甘屈服，仍然堅守信念的高貴品質，有著蔑視群醜超群拔俗的高標逸致。詞風含蓄蘊藉，耐人品味。

　　辛派詞人，更多地寫了志在抗擊金國、收復失地的英雄形象。這在很大程度上是寫詞人的理想，或者說是詞人理想中的英雄人物。然卻寫得生氣勃勃，有血有肉。在辛棄疾詞中，這類英雄人物尤多。如《破陣子·爲陳同甫賦壯詞以寄之》，就是很典型的。詞云：

> 醉裏挑燈看劍，夢回吹角連營。八百里分麾下炙，五
> 十絃翻塞外聲。沙場秋點兵。　　馬作的盧飛快，弓如霹
> 靂弦驚，了卻君王天下事，贏得生前身後名。可憐白髮生。
> 〔註14〕

陳亮是南宋有名的愛國志士，反對議和，力主抗金，辛棄疾與之同慨，因賦壯詞以寄之。這首詞既是對朋友的熱情鼓勵，又是個人愛國情懷的抒發。詞裏寫了一個極爲壯闊的戰鬥場面。這場戰爭的主導者，自然是「了卻君王天下事，贏得生前身後名」的那位英雄。當我們在激

〔註13〕　唐圭璋：《全宋詞》，第 1246 頁。中華書局，1965。
〔註14〕　鄧廣銘：《稼軒詞編年箋注》（增訂本），第 242 頁。上海古籍出版社，1993。

賞詞人虛擬的這個壯闊的場景時，接著是英雄的一聲長嘆：「可憐白髮生」，這種理想與現實之間的巨大反差，引起我們對議和派的無比憤慨與對愛國英雄的抑慕與同情。

在辛棄疾詞中，寫了眾多的英雄人物與愛國志士。這些詞篇有《滿江紅・建康史帥致道席上賦》、《水調歌頭・壽趙漕介庵》、《水龍吟・甲辰歲壽韓南澗尚書》等。如《滿江紅・建康史帥致道席上賦》，極力贊揚史帥「鵬翼垂空」，並有著抗敵的堅強決心，有著收復失地的強烈願望：「袖裏珍奇光五色，他年要補天西北」，能夠做到「談笑護長江，波澄碧。」〔註15〕有著守住長江天塹、保衛江南的餘裕。

在宋代詞人筆下，還描寫了許多悲劇人物形象，展示了他們的壯烈與激情：「濁酒一杯家萬里，燕然未勒歸無計。」〔註16〕「當年萬里覓封侯，匹馬戍梁州。關河夢斷何處？塵暗舊貂裘。胡未滅，鬢先秋，淚空流！此生誰料，心在天山，身老滄洲！」〔註17〕都描寫了愛國人士的壯志悲情。

抗擊入侵，消滅強敵，這是宋人的普遍要求。不特辛派詞人是這樣，即便如蘇軾、姜夔那樣的詞人，也無不如此。譬如蘇軾的《江城子・密州射獵》：

> 老夫聊發少年狂，左牽黃，右擎蒼。錦帽貂裘、千騎卷平岡。爲報傾城隨太守，親射虎，看孫郎。　　酒酣胸膽尚開張，鬢微霜，有何妨？持節雲中，何日遣馮唐。會挽雕弓如滿月，西北望，射天狼。〔註18〕

作為文人的蘇軾，在任密州太守其間，不僅有著射獵示武的壯舉：「會挽雕弓如滿月，西北望，射天狼。」而且熱切期待著朝廷遣馮

〔註15〕 鄧廣銘：《稼軒詞編年箋注》（增訂本），第 9 頁。上海古籍出版社，1993。

〔註16〕 唐圭璋編：《全宋詞》，第 11 頁。中華書局，1965。

〔註17〕 夏承燾、吳熊和：《放翁詞編年箋注》，第 92 頁。上海古籍出版社，1981。

〔註18〕 鄒同慶、王宗堂：《蘇軾詞編年校注》，第 146 頁。中華書局，2002。

唐「持節雲中」，擔起平定西北這一光榮使命。詞的感情充沛，形象豐滿。

一生依人為生的江湖詞人姜夔，也寫了充滿英雄氣概的《滿江紅》「仙姥來時」：

> 仙姥來時，正一望千頃翠瀾，旌旗共亂雲俱下，依約前山。命駕群龍金作軛，相從諸娣玉為冠。向夜深、風定悄無人，聞佩環。　神奇處，君試看。奠淮右，阻江南。遣六丁雷電，別守東關。卻笑英雄無好手，一篙春水走曹瞞。又怎知，人在小紅樓，簾影間。〔註19〕

什麼仙姥？分明是現實生活中的巾幗英雄。詞中所寫的這位巾幗英雄，或有梁紅玉的影子而加以誇飾，使之充滿了理想的色彩。她有「奠淮右，阻江南，遣六丁雷電，別守東關」的本領，並能「一篙春水走曹瞞。」真是威風凜凜，勢不可擋。

總之，無論是出獵太守，還是愛國志士，抑或是仙姥，都英風勃勃，充滿了壯烈鬱勃之情，形象鮮明而生動。

我們再看士農工商的形象：

柳永的《鶴沖天》，寫了考進士因落皇榜暫未得志的知識分子：

> 黃金榜上，偶失龍頭望。明代暫遺賢，如何向？未遂風雲便，爭不恣狂蕩。何須論得喪。才子詞人，自是白衣卿相。　煙花巷陌，依約丹青屏障。幸有意中人，堪尋芳。且憑偎紅翠，風流事、平生暢。青春都一餉。忍把浮名，換了淺斟低唱。〔註20〕

雖然考進士落榜，卻以「白衣卿相」自許，他是何等的自信與自負。不難想像，他的壯志總有一天可以如意展示。他的《傳花枝》「平生自負」，寫了書會才人的鮮明形象。餘如蔣捷的《昭君怨·賣花人》寫賣花為生的小市民、高觀國《賦轎》，出現了轎夫健捷的身影。辛棄疾的《西江月》「茅檐低小」，寫了一家農民形象。朱敦儒《鷓鴣天·

〔註19〕　陳書良：《姜白石詞箋注》，第 88 頁。中華書局，2009。
〔註20〕　薛瑞生：《樂章集校注》，第 239 頁。中華書局，1994。

西都作》，寫了隱士形象。朱敦儒《卜算子》「旅雁向南飛」、呂本中《南歌子》「驛路侵曉月」，寫了靖康之變南渡的士大夫四處奔波、無可依倚的逃難生活。如此等等，展示出一幅幅頗為寬廣的生活畫面，活躍著各階級、各階層人物的身影，讓我們較清晰地看到宋代社會生活的一角。

　　詞人在懷古題材中還寫了歷史人物。譬如蘇軾《念奴嬌‧赤壁懷古》：「遙想公瑾當年，小喬初嫁了，雄姿英發。羽扇綸巾，談笑間，強虜灰飛烟滅。」〔註21〕寥寥幾筆，就寫出了周瑜這一歷史人物的丰彩：他風流儒雅，運籌帷幄，指揮若定，使百萬曹軍遭火燒慘敗。又如辛棄疾《南鄉子‧登京口北固亭有懷》寫孫權：「年少萬兜鍪，坐斷東南戰未休。天下英雄誰敵手？曹、劉。生子當如孫仲謀。」〔註22〕寫了他與老英雄曹操、梟雄劉備對峙而立的少年英雄氣概。詞人寫的周瑜、孫權這些歷史人物形象，其實是現實生活的折射。它的出現，使宋詞藝術形象，更為豐富而多彩。

三

　　詞在人物形象描寫上，採用了多種敘事的藝術手段，使其在藝術表現上，顯現出多姿多彩的特點。

　　首先，敘事詞超越了詞以抒情為主的藝術手法，採用了敘事作品以情節或細節為主的描寫手段，使詞有了故事情節的鮮明性與生動性。

　　情節或細節，是敘事作品必不可少的最常見的藝術描寫手段，而非一般的抒情作品所宜有。抒情作品雖然有時也寫事寫物，但它不是為了塑造人物形象，而是為了抒發感情。所寫事物，是為了引發感情的勃起。它或借事物以抒情，或無所憑借而直抒胸臆。有些詞人卻打破了抒情詞的這種常規，寫了被我們稱之為敘事詞的作

〔註21〕　鄒同慶、王宗堂：《蘇軾詞編年校注》，第 398 頁。中華書局，2002。
〔註22〕　鄧廣銘：《稼軒詞編年箋注》（增訂本），第 548 頁。上海古籍出版社，1993。

品，其中有情節或細節描寫，使詞中的形象鮮明、生動、具體。譬
如晏殊《山亭柳・贈歌者》就寫了以歌者生平為線索的簡單情節：

　　家住西秦，賭博藝隨身。花柳上，鬥尖新。偶學念奴聲
調，有時高過行雲。蜀錦纏頭無數，不負辛勤。　　數年來
往咸京道，殘盃冷炙謾銷魂。衷腸事，託何人？若有知音見
採，不辭徧唱陽春。一曲當筵落淚，重掩羅巾。〔註23〕

詞人以敘事的筆法，寫了她的藝術生涯：既有「蜀錦纏頭無數」時
的光彩，也有「殘盃冷炙銷魂」的悽惶，並有「知音」難覓的悲嘆。
通過對她身世的描寫，塑造了較豐滿的人物形象。蘇軾的《蝶戀花》
「花褪殘紅青杏小」，寫了一個戲劇性很強的小故事：「牆裏鞦韆牆
外道。牆外行人，牆裏佳人笑。笑漸不聞聲漸悄，多情卻被無情惱。」
〔註24〕一個在牆外小道上的行人，被牆內盪鞦韆的少女歡聲笑語所
吸引，心生愛慕，踟躕徘徊。那牆內佳人卻不解多情人的心意，翩
然而去，將那癡情人拋在牆外，使之暗自惆悵。牆內之佳人並非無
情，而是根本不知有人暗戀著自己。牆外行人無法將自己愛慕的情
意，傳遞給牆內人，只是單相思罷了。這個小故事，多富於喜劇性
啊！司馬槱《黃金縷》「妾本錢塘江上住」，也以敘事的筆法，寫了
歌妓一生的悲慘命運，給人留下深刻的印象。

　　有些詞人，在詞中用了生動的細節描寫，使人物形象格外傳神。
譬如歐陽修的《迎春樂》：「薄紗衫子裙腰匝。步輕輕，小羅靸。人
前愛把眼兒札。」〔註25〕寫了她特有的衣著、打扮、步法，就已經
很生動了。接著又寫了「人前愛把眼兒札」這一細節，生動傳神，
將其聰明、調皮、多情、善解人意等個性特點，表現無餘了。又如
他的《南歌子》「鳳髻金泥帶」：「笑問雙鴛鴦字怎生書？」這一細節，
極為生動地寫出了她的情意纏綿、嬌態憨態可掬的形象。以這樣的
方式，表達她對新婚幸福生活的真切感受，對未來家庭美好生活有

〔註23〕　張草紉：《二晏詞箋注》，第162頁。上海古籍出版社，2008。
〔註24〕　鄒同慶、王宗堂：《蘇軾詞編年校注》，第753頁。中華書局，2002。
〔註25〕　邱少華：《歐陽修詞新釋輯評》，第342頁。中國書店，2001。

著更高的憧憬。

　　詞中描寫的情節或細節，有著自己的特點。它不同於一般敘事作品，可以隨意展開，而要受詞的格律的嚴格束縛，無論是情節或細節描寫，都要納入詞律所允許的範圍之內。因此，成功的情節或細節描寫，事件典型而又筆法工巧，所寫或係一鱗半爪，使神龍見首不見尾，而又有其神奇變化之態；或緊緊抓住人物語言動作的特點，輕輕一點，則個性特點全出。總之，詞人喜歡別出心裁，妙筆生華，使其所描寫的人物形象格外生色。

　　其次，有些詞用了較細膩的心理描寫。心理描寫是敘事作品中慣用的藝術手法，但在中國古代敘事作品中，主要是用行動和對話描寫人物形象，而很少有細膩的心理描寫。至於抒情作品，其心理描寫，更是鳳毛麟角了。有些詞人卻不甘受這種慣例的限制，特別用了細膩的心理描寫，顯現著藝術創新的光彩。如蔣捷的《霜天曉角》：

　　　　人影窗紗，是誰來折花？折則從他折去，知折去、向
　　誰家？　　簷牙、枝最佳。折時高折些。說與折花人道：
　　須插向、鬢邊斜。〔註26〕

此詞是寫她看到有人偷折自家園子花時的心理活動：有人折花，她大度地想，隨她折去，卻不免有點好奇，折花人是誰呢？接著想到，簷牙高處的那朵花最美，雖然難折，且偷折者又怕人發現，但她還希望她能折取這朵最美的鮮花，斜插在鬢邊，才嬌嬈好看呢。這首詞頗為細膩地寫出了她的大度、好奇、與人為善以及對美的企盼。通過這種細膩的心理描寫，其形象呼之欲出。柳永的《錦堂春》，寫了思婦更深時的心理活動：「依前過了舊約，甚當初賺我，偷剪雲鬟。幾時得歸來，香閣深關。待伊要、尤雲殢雨，纏繡衾，不與同歡。盡更深，款款問伊，今後更敢無端。」〔註27〕寫其對丈夫負約的怨情，想著將來團聚時如此這般地對他加以懲罰。心理描寫生動傳神，令人忍俊不禁。再如歐陽修《醉蓬萊》「見羞容斂翠」，寫少女與情

〔註26〕　楊景龍：《蔣捷詞校注》，第 339 頁。中華書局，2010。
〔註27〕　薛瑞生：《樂章集校注》，第 118 頁。中華書局，1994。

人初次約會時的心理活動，也是十分成功的：「半掩嬌羞，語聲低顫，問道有人知麼？強整羅裙，偷回波眼，佯行佯坐。更問假如，事還成後，亂了雲鬟，被娘猜破。我且歸家，你而今休呵。更爲娘行，有些針線，誚未曾收囉。」〔註28〕詞人以白描的手法，用了鮮活的口語，將其偷情後想方設法掩飾、企圖瞞過媽媽的緊張而複雜的心理，表現得淋漓盡致。

詞的這種心理描寫是典型出彩的，它大大地提昇了詞的藝術表現力，從而使其具有更強的藝術魅力。

第三，有些詞中寫了人物對話，用以表現人物的聲情、外貌以至內心活動，這對成功的描寫人物形象不可或缺。

李清照的《如夢令》「昨夜雨疏風驟」，是詞中用對話表現人物性格的典型例證。詞云：「試問捲簾人，卻道海棠依舊。知否，知否，應是綠肥紅瘦。」〔註29〕通過對話，表現出雨後花落葉繁的眞實情景，並將主人公惜花心理表現得非常微妙，同時顯示出她與「捲簾人」迥然不同的性格。這首詞寫得委婉而曲折。誠如黃蘇所云：「按：一問極有情，答以『依舊』，答得極澹，跌出『知否』二句來。而『綠肥紅瘦』，無限淒婉，卻又妙在含蓄。短幅中藏無數曲折，自是聖於詞者。」〔註30〕蘇軾的《定風波》「誰羨人間琢玉郎」，也是用人物對話刻畫人物典型個性的例子。「萬里歸來顏愈少，微笑。笑時猶帶嶺梅香。試問『嶺南應不好。』卻道：『此心安處是吾鄉』。」〔註31〕從與王定國待兒柔奴的對話中，折射出王定國善處窮通、樂天知命、隨緣而適、隨遇而安，表現了他瀟灑超曠的心性與氣質。蘇軾、李清照在詞中以對話突現人物性格，是詞的一大創舉。

詞中的對話，表現形式是多樣的。有些詞似無對話，實則是寫法上的省略，以問代答。如周邦彥《少年游》「並刀如水」：「低聲問向

〔註28〕 邱少華：《歐陽修詞新釋輯評》，第 263 頁。中國書店，2001。
〔註29〕 徐培均：《李清照集箋注》，第 14 頁。上海古籍出版社，2002。
〔註30〕 黃蘇：《蓼園詞評》，唐圭璋《詞話叢編》，第 3024 頁。中華書局，1986。
〔註31〕 鄒同慶、王宗堂：《蘇軾詞編年校注》，第 579 頁。中華書局，2002。

誰行宿，城上已三更。馬滑霜濃，不如休去，直是少人行。」〔註32〕
這是她與行人的一段對話，表現出她對行人的關切與挽留。她低聲
問：「您準備到哪裏歇宿？」這裏省略了行人的答話。她又說：「已到
三更，恐怕城門關了，不能出城。」回答當是：他的馬跑得飛快，在
關門以前，可以出城。她又說：「地上落了厚厚的一層雪，路滑很不
好走，路上也沒有人。」天晚路滑，路上無行人，「不如休去」的理
由很充足，這句話很有力。詞中以問代答，簡捷、生動、傳神，表現
出她對行人的無比關切與留戀。

　　劉過《沁園春·寄稼軒承旨》，更是別開生面的詞作。詞云：「斗
酒彘肩，風雨渡江，豈不快哉。被香山居士，約林和靖，與東坡老，
駕勒吾回。坡謂『西湖，正如西子，濃抹淡妝臨鏡台。』二公者，皆
掉頭不顧，只管銜杯。　　　白云『天竺飛來。圖畫裏、崢嶸樓觀開。
愛東西雙澗，縱橫水繞；兩峰南北，高下雲堆。』逋曰『不然，暗香
浮動，爭似孤山先探梅。』須晴去，訪稼軒未晚，且此徘徊。」〔註33〕
詞中對話隱括了不同時代三位詩人讚美西湖的詩句，從不同側面寫出
了西湖風景之美，伸明自己徜徉西湖暫不赴約的原由，寫得詼諧、風
趣而別有特色。

　　如此等等，詞中的對話都寫得非常出色。從而，使人物表現得形
象異常鮮明。

　　綜上所述，我們認為有些詞吸納融匯了敘事文學中特有的藝術手
段，加入了較多的敘事成份。即情節細節描寫、心理描寫、人物對話
等，參進了一些小說或戲劇描寫的筆法，這是對抒情詞常用筆法的超
越與提昇。這些新的表現手法因素的加入，極大地豐富了詞的藝術表
現力，從而使詞描寫塑造的人物形象，更加鮮明生動，更富於藝術魅
力。

〔註32〕　周邦彥：《清真集》，第 32 頁。中華書局，1981。
〔註33〕　馬興榮：《龍洲詞校箋》，第 11 頁。江西人民出版社，1999。

宋詞中的市民形象

　　作爲一種抒情小詩的詞體，或寫香艷閨情，或寫風花雪月，或寫自然麗景，取材比較狹窄。從蘇軾起，詞人才多有自我抒情之作，於是在詞中出現了眾多的風貌各異的詞人的自我形象。然因寫詞者，大多是讀書人，因此士人生活以外的情景，則很少在詞中出現。隨著城市經濟的發展與繁榮，市民開始出現，一些市民遂成爲詞人描寫的對象。於是，在詞中出現了一些鮮明的市民形象。雖然這在詞中是十分罕見的，但很值得我們重視。

　　在宋代，隨著城市商業經濟的發展，市民有了更高的文化需求，歌館樓台應運而生，以賣藝爲生的歌伎遂大量出現，成爲一支活躍的帶有經營性質的文藝力量。落第舉子、落魄文人與她們有著密切的關係。浪子文人柳永，在他「黃金榜上，偶失龍頭望」以後，一度與歌伎往來密切，爲他們寫歌詞，「忍把浮名，換了淺斟低唱」，他在「淺斟低唱」中打發日子，聊以消愁解悶，抒發不得志的牢愁，同時也寫了許多歌伎的形象。他以《木蘭花》詞牌，寫了許多專詠歌伎的詞，心娘、佳娘、蟲娘、酥娘，都是活躍在他筆下的歌伎形象，或以歌聲悠揚擅長，或以舞姿婀娜取勝，或歌舞兼擅。詞人描寫了她們婀娜的舞姿、響亮的歌喉及表演的藝術魅力，其形象之生動，呼之欲出。當然，柳永筆下的歌伎形象，不只是這幾個，還有秀香（《晝夜樂》）、

英英（《柳腰輕》）等，餘如《瑞鷓鴣》「寶髻瑤簪」、《迷仙引》「才過
笄年」、《鬥百花》「滿搦宮腰纖細」、《少年游》「世間尤物意中人」等，
都是寫歌伎的，她們都給人留下了較深的印象。

隨著消費水平的提高，瓶插鮮花與養花，成為富貴人家的生活
裝飾品。因此，也就有了以賣花為業的賣花人。這些人在宋人詞中
多有描寫。「小窗人靜，春在賣花聲裏」（王乖夷《夜行船》）；「小雨
空簾，無人深巷，早已杏花先賣」（史達祖《夜行船·正月十八日聞
賣杏花有感》）；「賣花擔上，買得一枝春欲放」（李清照《減字木蘭
花》）。如此等等，賣花人挑上花擔子，走街穿巷叫賣。這種場景，
在詞人筆下不斷出現。但專寫賣花人的詞作，還是十分罕見的。蔣
捷的《昭君怨·賣花人》，以通俗的語言，描寫了一位賣花人的形象：

> 擔子挑春雖小，白白紅紅都好。賣過巷東家，巷西家。
>
> 簾外一聲聲叫，簾裏丫鬟入報。問道買梅花、買桃花。

此詞寫了一位賣花人挑上有各色品種的花擔子，走街穿巷叫賣的情
景。同時又寫了丫鬟和她的女主人，後者的描寫，可以說是對賣花人
形象的補充與陪襯。從這首詞描寫的對象說，他是作者筆下的一個新
的藝術形象。這是關於宋代市民活動的彌足珍貴的史料，應當引起我
們特別的關注。

城市人喜歡遊山玩水、旅遊觀光。出遊時要騎馬或坐轎，婦女出
遊一般都是坐轎子的。有些富貴人家備有轎子和轎夫，以轎代步，這
當然是極方便的，但要有一定的經濟實力才行。也有些人出遊時臨時
僱人，這就有了用轎抬人的經營。或者可以說，就是轎行。這猶如我
們今天的打的。那些中產人家或未養轎夫的人，出外就僱人抬轎。經
濟不十分寬裕者，有了某種興致也可以乘轎瀟灑走一回。高觀國《御
街行·賦轎》，就描寫了轎夫出勤的情景：

> 藤筍巧織花紋細。稱穩步、如流水。踏青陌上雨初晴，
> 嫌怕濕、文鴛雙履。要人送上，逢花須住，才過處、香風
> 起。　　裙兒掛在簾兒底，更不把、窗兒閉。紅紅白白簇
> 花枝，恰稱得、尋春芳意。歸來時晚，紗籠引道，扶下人

微醉。

詞裏主要是寫一位坐轎子的女子，在雨後新霽時踏青賞花以至於晚歸的情景。她為了滿足「尋春芳意」，要「逢花須住」，盡情觀賞。歸來時天已很晚，要打上燈籠照路，人已嬌困無力。可見，她這一天遊得多麼痛快，多麼盡興。這一切都得力於轎夫的盡心盡力的周到服務。作為市民的轎夫，僅用了六個字「稱穩步、如流水」，便寫出了他們抬轎時輕捷熟練的動作，既穩又快，優雅有致。此詞寫坐轎婦人，用了那麼多的筆墨，似乎喧賓奪主，其實正是以賓襯主，充分展示轎夫的形象。他抬轎的技藝與服務態度，都是上乘的。

還有一種浪子文人，雖然有才而功名未遂，於是牢騷滿腹，落魄不羈，或自傲自負，或自暴自棄，或與歌伎廝混，為其填詞教曲，成了早期的書會才人。柳永的《傳花枝》就寫了一位書會才人的形象：

> 平生自負，風流才調。口兒裏、道知張陳趙。唱新詞，
> 改難令，總知顛倒。解刷扮，能唱嗽，表裏都峭。每遇著、
> 飲席歌筵，人人盡道：可惜許老了。　　閻羅大伯曾教來，
> 道人生、但不須煩惱。遇良辰，當美景，追歡買笑。贏活
> 取百十年，只憑廝好。若限滿、鬼使來追，待倩箇、淹通
> 著到。

柳永這首詞，是書會才人的畫像，生動表現了其風流倜儻、恃才傲物、自負不羈的形象。

以上所談的市民形象，代表了市民的各個階層。它雖然在宋詞中出現不多，卻有著相當廣泛的代表性。在某種程度上說，它是當時新生市民階層的縮影。因此，這些詞作彌足珍貴。

宋詞三首漫賞

一、陳亮《水龍吟・春恨》

　　鬧花深處層樓，畫簾半捲東風軟。春歸翠陌，平莎茸
嫩，垂楊金淺，遲日催花，淡雲閣雨，輕寒輕暖。恨芳菲
世界，游人未賞，都付與、鶯和燕。　　寂寞憑高念遠。
向南樓、一聲歸雁。金釵鬥草，青絲勒馬，風流雲散。羅
綬分香，翠綃封淚，幾多幽怨。正銷魂，又是疏煙淡月，
子規聲斷。

這是一首閨中婦女思念遠離家鄉、長久不歸的丈夫的情詞，它將夫妻
分離之苦的幽怨情緒，寫得既委婉又強烈。上闋寫景，美好的春光，
引起她對丈夫的強烈思念：在繁花盛開的深處，聳立著一座高樓，東
風和煦，畫簾半捲，樓中有一位少婦，被這明媚的春色喚醒了。她看
著金黃色的裊裊垂柳，纖細而茸嫩的新草，若有所思。花開了，天長
了，淡淡的日光，薄薄的雲層仍含著水氣，空氣濕潤，氣候宜人，春
意盎然。這迷人的春色，因遊子在外，無人欣賞，卻全部讓那無知的
黃鶯與燕子享受，令人惋惜。這裏的遊人，即遊子，是指外出的丈夫。
這美好的春光，不能給她帶來團聚的歡樂，反倒引發了長期分離的愁
怨。詞人將春寫得愈美，由此引發的離愁別恨就更強烈。鶯和燕是襯
筆，陪襯並加深她的春恨情緒。下闋抒情，通過她的心理變化與思想

活動，展示其強烈的幽怨情思。開頭即云「寂寞憑高念遠」，因丈夫
未歸，故寂寞。因寂寞，而思念丈夫的情緒則愈強烈，遂登高望遠，
思想丈夫走上了歸途。歸雁向南樓叫了一聲，是否帶來了丈夫的信
息，丈夫可曾捎來家書？由此又想到與丈夫歡聚的時日，曾用金釵爲
賭注做鬥草的遊戲，也曾用青絲繩作馬絡頭騎馬遊春，但好景不長，
卻要分別了。分別時解下香羅帶留作紀念，用翠帕擦乾眼淚，這中間
包含著多少幽怨啊！她正在銷魂的思念中，杜鵑鳥淒慘的叫聲，打斷
了她對往昔回憶的思緒，烟嵐淡淡，月色朦朧，她若有所失，有些迷
茫。這裏寫因急切思念而登高望遠，由望遠而憶及當年的團聚之樂與
分離之悲，由杜鵑的叫聲猛然驚醒又回到令人失望的現實。從心緒的
起伏變化，寫春恨之深，表現她對丈夫的感情之深與思念之切。詞題
是春恨、是寫春日與親人不能團聚的幽怨心緒。這類心緒的描寫，在
古典詩詞中是屢見不鮮的，這首詞卻寫得細膩、深刻，不落俗套，格
外感人。

　　此詞通過寫景與抒情，充分展示了這位思婦的感情世界。在封建
社會，思婦的這類幽怨心緒是普遍的、具有典型意義的。讀這首詞，
加深了我們對這種遭際的了解與認識。對其表現的思想，不必再有意
深求，找尋比興，探索其微言大義了。

二、陳亮《水調歌頭‧送章德茂大卿使虜》

　　　　不見南師久，漫說北羣空。當場隻手，畢竟還我萬夫
雄。自笑堂堂漢使，得似洋洋河水，依舊只流東。且復穹
廬拜，會向藁街逢。　　　堯之都，舜之壤，禹之封。于中
應有，一個半個恥臣戎。萬里腥羶如許，千古英靈安在，
磅礴幾時通。胡運何須問，赫日自當中。

此詞寫於宋孝宗淳熙十二年（1185）十一月間，是爲送章德茂使金
賀金世宗完顏雍生辰而作。陳亮對於南宋朝廷長期形成的懼敵、畏
敵、妥協投降的對金策略，心中極度不滿，特借送友人章德茂使虜

之機，將長期積聚心頭的不滿情緒，一股腦兒地噴發出來，因此感情憤激昂揚，似一篇寫得很有激情的戰鬥檄文，非常鼓舞人心。

「不見南師久，漫說北羣空」，是說因爲大宋軍隊好久沒有出師打仗了，就竟信口開河，說宋朝沒有人才，無人能夠擔起抗金的重擔。開頭就以反駁的語氣，咄咄逼人，言外之意，是說宋朝長期執行屈辱投降的國策，致使抗金愛國的人才沒有出頭之日。「當場隻手，畢竟還我萬夫雄」，贊揚章德茂有萬夫不當之勇，這次出使，一定能表現出一種不畏強敵的英雄氣概。「自笑」三句，是以章德茂的口氣寫的，有點自嘲的味道。作爲大宋使臣，就像河水向東流一樣，還得到金國朝拜金國國王。「且復」二句是說暫時再到金國朝拜一回，然總有一天會將敵酋縛至京師，加以嚴懲，以雪國恥。上闋承題寫起，敘述送章德茂使虜，心潮起伏，無限感慨。下闋抒情，詞人慷慨激昂，表現了一種英雄氣概與政治豪情。「堯之都，舜之壤，禹之封」，連續用了三個詞意相近、結構相同的詞句，一層緊逼一層，語言衝決強硬，造成一種逼人的氣勢。「於中應有，一個半個耻臣戎」。詞人感情憤激到了極點，對於妥協投降政策造成的朝臣人人畏懼敵人的情勢非常氣憤，「總該有一個半個耻事臣戎的人吧！」語氣果決，情緒憤激，對士氣不張的現狀極爲不滿。「萬里」以下三句，言廣大的北方領土，仍被金人佔領，千里萬里的地面被一股濃烈的腥膻味所籠罩，千古英雄都到哪兒去了呢？何時才有磅礴之氣，打破這個局面啊！感情激憤而急切！「胡運」兩句，是說胡人的氣數已經完了，大宋則如赫日中天，光耀萬丈。表現了詞人對光明前途的堅定信念，鼓舞人心。

這首詞議論較多，但之所以仍有很強的感人的藝術力量，是因爲作者有充沛的愛國激情、不甘屈辱的正氣與誓雪國恥的壯志。因此豪情滿紙，氣勢磅礴，「忠憤之氣，隨筆湧出」〔註1〕，「精警奇肆，幾欲握拳透爪」〔註2〕，構成昂揚樂觀的自我形象。做到以議論入詞而

〔註1〕 馮煦：《蒿庵詞話》，第 66 頁，人民文學出版社，1959。
〔註2〕 陳廷焯：《白雨齋詞話》，第 24 頁，人民文學出版社，1959。

又形象感人，有著「讀之令人神王」〔註3〕的藝術效果。

三、蔣捷《一剪梅‧舟過吳江》

　　一片春愁待酒澆。江上舟搖，樓上簾招。秋娘度與泰娘橋。風又飄飄，雨又蕭蕭。　　何日歸家洗客袍？銀字笙調，心字香燒。流光容易把人拋。紅了櫻桃，綠了芭蕉。

蔣捷於咸淳十年（1274）進士及第，宋亡入元，隱遁不仕。他晚年深受黍離之悲與亡國之痛，國破家亡，四處漂泊。《一剪梅‧舟過吳江》，就是寫他羈旅漂泊之愁的一首詞作，表現他厭倦漂泊而又急欲歸家的心情。

　　「一片春愁待酒澆」，首句寫春愁。這春愁需得酒澆，一個「澆」字，點明春愁之強烈。簡直是愁深似海，只有借酒澆愁，愁似乎才能會稍有緩解，或者在醉鄉裏求得心靈的暫時寧靜。為什麼不立即借酒澆愁還要等待呢？恐怕因國破家亡，資產略盡，囊中羞澀，壺酒難賒了。他坐在行進中的小船上，看到遠處的樓上似有「太白一醉」的簾招，這又加強了他一醉方休的欲望。本來就酒癮難忍，偏偏小船要經過「秋娘度」和「泰娘橋」。這以唐代歌伎命名的渡口和橋梁，又激發了他對名伎侑酒的聯想，想起當年歌伎唱詞、侑酒、戲謔的浪漫而熱烈的場面，這蒙太奇般的場景，很快從腦海裏消失了。眼前畢竟是「風又飄飄，雨又蕭蕭」，這飄蕭的風雨，使他借酒澆愁的苦悶心情雪上加霜，更難忍受。詞人通過層層的鋪墊，將其流離漂泊之痛，表現得淋漓盡致。這痛苦的漂泊生活何時可了？下闋劈頭一句：「何日歸家洗客袍？」是寫他急於結束漂泊生活、重過安適日子的殷切期盼。他心裏想著早日回到家裏，洗滌了破舊的客袍，換上新衣，面貌煥然一新，在家裏融融歡樂的氛圍中，調奏銀字笙，燒心字香，凝視著久別的妻子，「軟語燈邊，笑渦紅透」（《賀新郎‧兵後寓吳》）。這是何等幸福啊！但回家安居，只是一種美好的夢想，實在難以實現

〔註3〕　李調元：《雨村詞話》，引自唐圭璋《詞話叢編》，第 1424 頁，中華書局，1986。

啊！在外漂泊，歲月蹉跎，日子一天天過去了。盼啊！盼啊！在日日夜夜急切的期盼中，眼看櫻桃紅了，芭蕉綠了，然回家的夢想遙遙無期。這亡國之痛，漂泊之苦，何時才能了結呢？想到此，只有一聲深深的長嘆！

　　從以上對詞意簡單的抽繹中，我們理會到：詞人之所以特別苦悶，並欲借酒澆愁，是因為家破國亡，無家可歸了。因此，在思念故鄉情緒的抒發中，隱含著濃鬱的故國之思。詞寫得凝練而自然，語句淺白而語意含蓄，是非常耐人咀嚼與品味的篇章。

姜夔《滿江紅》解讀

　　學界對姜夔詞的思想性評價不高，蓋因其身在江湖，不預國事，詞裏缺乏對現實的特別關注。其實，他反映現實生活的詞篇，除了那首被人艷稱的《揚州慢》以外，還有這首歌頌巾幗英雄的《滿江紅》。在這首詞中，蘊含著強烈的愛國情緒。但因其披著歌頌巢湖仙姥的外衣，長期被人誤讀。對其表現的深刻的愛國思想，缺乏了解。因此，對它有重新解讀的必要。其詞云：

> 仙姥來時，正一望千頃翠瀾。旌旗共、亂雲俱下，依約前山。命駕羣龍金作軛，相從諸娣玉爲冠。向夜深、風定悄無人，聞佩環。　　神奇處，君試看。奠淮右，阻江南。遣六丁雷電，別守東關，卻笑英雄無好手，一篙春水走曹瞞。又怎知、人在小紅樓，簾影間。

這是一首「迎送神曲」，是因爲居人爲湖神祝壽引起詞人的興致而寫的。巢湖仙姥只是一位司水之神，按理說，她只掌管巢湖水的有關事宜而已，然作者在詞的下闋狀其神奇時卻說：「奠淮右，阻江南。遣六丁雷電，別守東關。」謂其坐鎮淮西，屏障江南，派遣六丁雷神特意把守濡須口附近的東關。詞人不僅將其寫成威震一方的神帥，而且具有屏障江南保衛南宋江山的神威。並以幽默嘲諷的口氣繼續寫道：「卻笑英雄無好手，一篙春水走曹瞞。」在三國魏吳合肥之戰時，孫權、曹操在濡須口對峙，難分勝負，孫權藉春水方盛以

吳兵長於水戰而嚇退曹操的，在詞人筆下，曹操固然窩囊，孫權又何嘗英雄？他們均非「英雄好手」，只能受到輕蔑的嘲笑而已。在歷史上，曹操、孫權都是稱霸一方的英雄，辛棄疾在其詞中，對孫權多次加以熱情讚頌。他在《滿江紅·江行簡楊濟翁周顯先》中說：「吳楚地，東南坼。英雄事，曹劉敵。」又在《南鄉子·登京口北固亭有懷》中讚揚孫權說：「年少萬兜鍪，坐斷東南戰未休。天下英雄誰敵手？曹劉。生子當如孫仲謀。」孫權何等了得，辛棄疾對他充滿了崇敬之情。而姜夔在詞中，不是稱讚他的英雄業績，卻以貶低孫權和曹操來反襯水神的無比靈威，這是為什麼呢？我們知道神話是現實生活的曲折反映，詞人筆下描寫的神話，必然有著現實的依托。因此，這首詞表現的深厚的意蘊，值得認真探究。

關於此詞的寫作時間，夏承燾先生在《姜白石詞編年箋校》中繫於 1191 年，時為光宗紹熙二年。光宗愚蒙庸儒，朝政被反戰主和的妥協派把持，遂將孝宗時辛苦營造的抗戰氛圍破壞殆盡，人民高漲的愛國情緒受到了嚴重的挫折，這對思欲恢復祖國北方領土的官員與有著愛國良知的士人，是一次沉重的打擊。他們不免情緒沮喪、心情鬱悶。詞人在赴合肥途中，路經巢湖，看到當地群眾祭祀仙姥為其祝壽的熱鬧場面，興致勃發，浮想聯翩，遂「寂然凝慮，思接千載；悄焉動容，視通萬里」（《文心雕龍·神思》），想到六十年前離此不遠的黃天蕩有一次驚天動地的戰鬥：韓世忠堵截撤退的金兵，他的夫人梁氏親執桴鼓，指揮千軍萬馬，這個鼓舞人心的激戰場面，如在目前。於是借神話的外衣，展出歷史的新場面。

建炎三年（1129）冬，完顏宗弼（兀朮）率金兵渡江，徑趨臨安府（今浙江杭州）、明州（今浙江寧波）等地，追宋高宗不及。四年春，宣稱搜山檢海畢，滿載擄掠物品，沿運河向北撤退。在鎮江（今屬江蘇）至建康府一帶黃天蕩等處，遭韓世忠攔擊。世忠妻梁氏親執桴鼓助戰，屢敗金軍，金軍被堵截在黃天蕩裏不能渡江。韓世忠僅以八千人之兵力敵完顏宗弼十萬之眾達四十八天之久。在這種以少勝

多、以弱勝強的戰鬥中，活躍著一位傳奇式的女英雄梁夫人。她的豐功偉績，在中國歷史上不可湮沒。在 20 世紀 50 年代，尚有《梁紅玉擊鼓戰金兵》的戲劇。那麼，在南宋時代，這位巾幗英雄自然是家喻戶曉深入人心的了。「生當作人傑，死亦爲鬼雄」，在思欲抗金北伐恢復中原的時代，這位傑出的女英雄，自然成爲人們崇拜的偶像，將其加以神化視作保衛大宋江山的神靈，完全是有可能的。至少，她在人們心目中是一位英勇高大的愛國者形象。詞人在寫巢湖女神時，腦子裏會不會忽然閃現出這位英雄的影像呢？從此詞寫的神奇處並非神姥的司職所能來看，很可能是以六十年前梁夫人的英雄事迹爲原型來描寫的。他寫詞時，在潛意識中顯現的是梁夫人當年擂動戰鼓指揮軍馬的壯闊場面。因此，詞人表面上寫神姥，實際是歌頌這位巾幗英雄的，並借以表現對現實的不滿與抗爭，流露出思欲抗金的愛國心聲。宋翔鳳謂姜夔「流落江湖，不忘君國，皆借托比興，於長短句寄之」〔註 1〕。以此詞觀之，其說信然。總之，姜夔的《滿江紅》是有著豐富內涵且是現實性很強的作品，切勿被頌神的表象所迷惑。

關於這首詞的描寫對象，早在 20 世紀 80 年代，周篤文先生就說：「詞裏所歌頌的克敵制勝的女神，很容易使人們聯想到南渡以來奮起抗金的巾幗英雄，比如在黃天蕩裏擂鼓督戰大敗金兵的梁紅玉，是不是有點像她的原型呢？」〔註 2〕周先生講的梁紅玉，即梁夫人，相傳名紅玉，但不見於史。我以爲原型之說，深中此詞肯綮。然周先生的觀點，似不爲學界認同。故撰此文略申周說，爲其吶喊助威云耳。

〔註 1〕　陳良運：《中國歷代詞學論著選》，第 538 頁，百花洲文藝出版社，1998。
〔註 2〕　周篤文：《宋詞》，第 100 頁，上海古籍出版社，1980。

劉過《沁園春》解讀

　　南宋江湖詞人劉過《沁園春‧寄辛承旨時承旨招不赴》是一首極富獨創性的俳諧詞。此詞構思巧妙，表現奇特，是詞史上極為罕見的別開生面的傑作。其詞曰：

　　　　斗酒彘肩，風雨渡江，豈不快哉！被香山居士，約林和靖，與東坡老，駕勒吾回。坡謂「西湖，正如西子，濃抹淡妝臨鏡台」。二公者，皆掉頭不顧，只管銜杯。　　白云「天竺飛來，圖畫裏，崢嶸樓觀開。愛東西雙澗，縱橫水繞；兩峯南北，高下雲堆」。逋曰「不然，暗香浮動，爭似孤山先探梅？」須晴去，訪稼軒未晚，且此俳徊。

這是劉過寄給辛棄疾的一首詞。正如詞題所示，辛棄疾招劉過，他因故不赴，詞為解釋他滯留西湖不能及時應招的原因。他極委婉地訴說耽於西湖雨天之麗景而暫時滯留，待晴後造訪，寫得詼諧而風趣。詞人是以不同時代的三位詩人對西湖麗景讚賞的對話為主而構建俳諧詞的。所謂「駕勒吾回」，並非真的是他們三位硬性強制的擋駕，而是因為他們寫西湖的詩生動再現了西湖不凡的景色，其藝術魅力強烈地勾起急切觀賞西湖的心情。「駕勒」云云，頗具婉曲詼諧之妙。對於這首手法新穎、風格獨異、迴出常格的詞，文學史家反而評價不高。岳珂「桯史」云「效辛體《沁園春》一詞」，是模仿之作；俞陛雲以

爲「雖非正調，自是創格」〔註1〕雖譽之爲「創格」，卻以不是「正調」爲憾，且語焉不詳。總之，詞論家對這一首詞在詞史上的突出地位，評價遠不到位。因此有重新解讀的必要。

縱觀這首詞，有三個最爲顯著的特點：

其一，詞的主體化用了前代三位著名詩人讚美西湖風景的四首詩的名句，極力描寫西湖風光景色之美，他對遊人有著極強的魅力，暗示詞人逗留西湖不及時應招的原因，委婉地回絕了辛棄疾對他的邀請。

詞中「西湖，正如西子」兩句，化用蘇軾《飲湖上初晴後雨》詩：「欲把西湖比西子，淡妝濃抹總相宜。」「圖畫裏」句，化用白居易《春題湖上》詩：「湖上春來似畫圖。」「愛東西兩澗」兩句，化用白居易《寄韜光禪師》：「東澗水流西澗水，南山雲起北山雲。」「暗香浮動」句，化用林逋《梅花》詩：「暗香浮動月黃昏。」

在一首詞裏化用前人諸多詩句，這並非劉過的獨創。在劉過之前，就不乏其例。北宋著名詞人賀鑄，他在詞中，就非常善於化用前人的詩句。他說：「吾筆端驅使李商隱、溫庭筠，常奔命不暇。」〔註2〕周邦彥也善於化用前人詩句。他的《西河‧金陵懷古》就是化用了劉禹錫《石頭城》、《烏衣巷》和古樂府《莫愁湖》三首詩的詩句而成的。但化用前人詩句之多，主題之集中，詞境之自然渾成，當數劉過這首《沁園春》詞。我們毫不誇張地說：它在詞史上確是絕無僅有的。

其二，此詞受辛棄疾《沁園春‧將止酒戒酒使勿近》這首對話體詞的影響，詞的主體是對話。雖然辛、劉的《沁園春》詞，都用對話體，然辛詞是詞人與酒的對話，它仿效《答賓戲》、《解嘲》，是把古文手段用之於詞；劉過詞則是客觀地表現三位詩人關於西湖風景特色的對話，以詩人的審美眼光來評價西湖。既洋溢著縱橫馳騁，

〔註1〕 俞陛雲：《唐五代兩宋詞選釋》，第398頁，上海古籍出版社，1985。
〔註2〕 孫克強：《唐宋人詞話》，第332頁，河南文藝出版社，1999。

豪邁狂放、揮灑自如之妙，又飽含著情調詭譎、詼諧風趣、幽默俏皮的神韻。從而擺脫了辛詞的藩籬，昂然自成一格。

其三，劉過將相隔數百年的詩人白居易、林逋、蘇軾請來坐在一起，名為說西湖風光之妙，實為為自己暫時不赴招開脫，構思煞是奇特。不同時代的三位詩人坐在一起，侃侃而談，言西湖之景，讚西湖之美，詩意盎然，極富情韻，這在以抒情為主的詩詞中前所未有，頗為荒誕。在中國文學史上，雖然在敘事體文學中，曾出現過類似情況，譬如唐代韋瓘的政治小說《周秦行紀》，寫牛僧孺失路，夜宿薄太后廟，曾與薄太后、戚夫人、王嬙、潘妃、綠珠、楊太真一起飲酒作詩，王嬙伴宿，情節實屬荒誕。然作為志怪、傳奇之類的小說，如此這般的敘述描寫，是不足為怪的。但對抒情詩的詞來說，不特在詞史上絕無僅有，而且不免虛荒誕幻。此詞之構思，也許是受了《周秦行紀》之類小說的影響，作為抒情詩的詞，畢竟是多為抒一時真實之情，此詞之境界畢竟是怪而近誕的。但其詞的情境卻是十分和諧的。不同時代三位詩人坐在一起對話，情境雖屬荒誕怪異，讀起來卻不覺其怪，詩人娓娓道來，令人頗感親切。

這首詞的結構也很特殊，迥異於一般的詞。它不是上下片內容有別、層遞進展，而是將作為詞的主體的三位詩人對話佔據上片的後半段與下片的前半段，意思緊密相連，一貫而下，渾然一體，不可分割。詞的開頭緊扣詞題承招意說自己極願風雨渡江，享受斗酒彘肩的款待，豪興滿懷。無奈被白居易約了林逋、蘇軾「駕勒吾回」，闡明自己未能及時赴約之原因；結尾則說，自己只是在西湖暫時徘徊，待晴後即赴約。首尾呼應，結構嚴密。此詞首尾呼應之妙，非同一般。然這種結構，完全是文章的結撰方式。作為詞，這種寫法，也可謂舉世無雙了。

這是一首富有獨創的頗為特異的詞，也是一首詼諧風趣的詞。不信試看，你在詞史上能找到第二篇這樣的詞嗎？

一首巧用典故爲「十八」的詞

　　詞貴白描，不宜過多地使用典故，然也有多用典故而見精巧者。南宋著名的愛國詩人張孝祥的《浣溪沙·中秋坐上十八客》，本來是一首常見的遣興娛賓之詞，因其巧妙地運用了許多典故，深寓詩人慧心，讀來卻別有一番意趣。詞曰：

　　　　同是登瀛冊府仙，今朝聊結社中蓮，胡笳按拍酒如泉。

　　　　喚起封姨清晚暑，更將荔子薦新圓，從今三五夜嬋娟。

此詞詞題謂中秋之夜同十八位客人共賞明月，因此每句用事均切十八之數，在對客人熱情讚揚與對情境的渲染中，顯出詩人絕妙的巧思。首句用唐太宗時十八學士登瀛洲事，喻十八位客人十分清貴，均爲士林中一時之選。據《新唐書·褚亮傳》載：唐太宗於宮城西作文學館，當時杜如晦、房玄齡、陸德明、孔穎達、虞世南等十八人，並以本官爲學士，命閻立本畫像，使褚亮寫讚，號稱十八學士，當時稱選中者爲登瀛洲。次句喻十八位客人行爲高潔，超脫凡俗。東晉高僧慧遠居廬山東林寺，與劉遺民等十八人同修淨土，中有白蓮池，號蓮社。此句巧妙地將當日宴會比之於慧遠集高僧名儒結社於廬山東林寺。第三句謂喝酒時樂曲奏《胡笳十八拍》。上闋極寫宴會的高雅與與會者的瀟灑。下闋首句謂八月猶有餘熱，因此喚來風神清滌晚暑。封姨，古代傳說中的風神。唐人鄭還古《博異志》記崔玄微春夜遇諸女共飲，

席上有封十八姨。諸女爲眾花之精，封十八姨即風神。次句寫共同品嘗十分名貴的十八娘荔枝。據宋人蔡襄《荔枝譜》；十八娘荔枝，色深紅細長，比之少女。相傳閩王有女，排行十八，愛食這種荔枝，故稱。末句即景生情，謂天上明月尚可連賞三夜以至十八。五夜即五更，三五夜謂中秋後第三個五夜，即十八日五夜。嬋娟，喻中秋月，因月圓故可引申爲團聚。後闋寫環境幽美，氣氛融洽，情緒歡快。

　　此詞用典煞費苦心，亦近文字遊戲，但也表現了詩人深厚的感情。這說明傳統的詩詞有著極豐富的藝術技巧，有很強的藝術表現力。詩人寫朋友之間歡快的情緒，營造了一種極爲融洽的的氛圍。每句用事均切「十八」，這卻是此詞極端高妙的技巧處，但能做到自然、流暢、情與境偕，毫無雕琢做作之處，顯現出詩人筆端的靈動與高妙。我們寫詩固不必玩弄技巧，但對精妙表達的追求，卻還是必要的，甚至是必需的。

附：納蘭性德的悼亡詞

納蘭性德與妻盧氏情深意篤，盧氏難產而亡逝，這對他打擊沉重。因此，他寫了許多感情眞摯、灼人肺腑的詞作來悼念亡妻。在中國悼亡詞史上，留下了厚重的一筆，值得後人認眞地研究。

一、對納蘭性德悼亡詞範圍的界定

納蘭性德的悼亡詞有多少首？這是我們首先擬明確的一個問題。他的悼亡詞有兩類：一是在題序中有「悼亡」或「忌日」等字樣的，一共有七首。其中有一首「代悼亡詞」，或謂係代人悼亡之意，我們姑依胡旭先生的看法，認爲仍係哀悼亡妻之作；二是在題序中無「悼亡」或「忌日」等字樣或無題序而內容卻確爲懷戀悼念亡妻盧氏的，這類悼亡詞究竟有多少首？學界是有較大分歧的。李嘉瑜說：「雖未標題而詞情實是追憶亡婦、憶戀舊情的有二十六闋。」〔註1〕艾治平說：「而題雖未標出，他追思亡婦，憶戀舊情的約四十餘首。」〔註2〕李、艾二先生所說的悼亡詞，因未列出詞調，無從核檢。胡旭在其《悼亡詩史》中，列出未標題的悼亡詞29闋，並聲稱：

〔註1〕 李嘉瑜《試論納蘭性德的悼亡詞》，《承德民族師專學報》，1995 年第 4 期，轉引自朱惠國，劉明玉：《明清詞研究史稿》，第 282 頁，2008。

〔註2〕 艾治平《清詞論說》，第 378 頁，學林出版社，1999。

「鑑於判斷困難，不很明確的遂不列出。」〔註3〕則胡氏自認為這29闋肯定是悼亡詞了。但細檢胡氏所列，其中《尋芳草‧蕭寺記夢》、《浣溪沙》「拋卻無端恨轉長」等13首詞，或非悼亡詞，真正算得上悼亡詞的，只有16首。另外，胡氏未列入的《蝶戀花》「眼底風光留不住」、《蝶戀花》「又到綠楊曾折處」、《蝶戀花》「蕭瑟蘭成看老去」、《山花子》「林下苔荒道韞家」等四首，應是悼亡詞。故題序中無「悼亡」「忌日」等字樣或無題序的悼亡詞，共有20闋〔註4〕。這與題序中有「悼亡」或「忌日」等字樣的7首加起來，共有27首。本文的研究與論述，就是以此27首為基礎的。

二、納蘭性德悼亡詞的藝術特色

（一）「悼」情直露的悼亡詞

題序中有「悼亡」或「忌日」等字樣的悼亡詞，是詞人特意鄭重寫的悼念妻子的詞，飽含著血和淚，是詞人一時感情噴湧之作。它雖然在數量上少於題序中無「悼亡」「忌日」等字樣或無標題的悼亡詞，然其感情之深沉與藝術之精湛，都遠遠超越了後者，應該引起特別的重視。這7首悼亡詞，詞意分明，感情深摯。詞人用了多種藝術手法，寫其心中特別沉痛的哀悼之情，感情真摯灼人，其突出特點是感情的真切。在藝術表現上，有四個突出的特色。

一是用了生動的細節描寫。細節描寫，在抒情詞中是不多見的，故用細節描寫，就顯得特別生動真切感人。納蘭性德在其悼亡詞中，將夫婦日常生活中一些瑣事作了描寫，這最能顯示夫妻間相濡以沫互相關愛的情分，因此就非常感人。譬如《青衫濕遍‧悼亡》：「青衫濕遍，憑伊慰我，忍便相忘？半月前頭扶病，剪刀聲、猶在銀釭。

〔註3〕 胡旭《悼亡詩史》，第371頁，東方出版社，2010。

〔註4〕 文中的20詞，除此處提到的4首及本文第三部分提到的9首外，尚有《眼兒媚‧中元夜有感》、《憶江南‧宿雙林禪院有感》、《望江南‧宿雙林禪院有感》、《山花子》「欲話心情夢已闌」、《南樓令‧塞外重九》、《臨江仙‧孤雁》、《浣溪沙》「誰念西風獨自涼」等7首。

憶生來、小膽怯空房。到而今，獨伴梨花影，冷冥冥，盡意淒涼。」
此處寫夫妻間情深意篤，連用了三個細節：第一，「青衫濕遍」，為
妻子的不幸早亡，他痛哭流涕，淚珠落在青衫上，不僅使青衫濕了，
而且全都濕了。「濕遍」二字，寫出了詞人的心之痛，淚之多。這裏
雖不無誇飾，然卻異常感人。並以「青衫濕遍」命名所創新調，足
見心摯意誠，別出心裁；第二，妻子亡故已過半月了，銀燈下似仍
有她扶病操勞為我縫補衣衫的剪刀聲。可見夫人生前對他關照形成
的印象之深；第三，想到夫人平日「小膽怯空房」，現在竟「獨伴梨
花影」，這種淒清與心靈的恐懼，她如何忍受？為此，不禁為夫人亡
後的處境擔憂。可見他對妻子的關愛，能夠生死以之。如此等等，
都可見夫妻二人平日感情特別深厚。又如《青衫濕‧悼亡》：「近來
無限傷心事，誰與話長更？……忽疑君到，漆燈風颭，癡數春星。」
意謂過去如有不順心的事，妻子夜晚會一更一更地勸慰：而現在傷
心，又有誰與我長夜漫話以慰心靈？想著，想著，忽然覺得她似乎
到我身邊。漆燈鬼火，一陣風過，不覺驚疑，而我卻癡癡地數著春
星，恭候妻子靈魂的到來。詞人將這些日常瑣事，寫得活靈活現，
感人至深。

二是詞人往往從對面著筆。納蘭性德對妻子盧氏感情特別深
摯，因此以己之心，度妻之心，往往從對面著想，癡想著亡妻的種
種活動，尤其是她對自己深切思念與關照的種種意識，把這種癡想
落在紙上，就是對面著筆。這種透過一層的寫法，顯得情深而意摯。
《青衫濕遍‧悼亡》：「判把長眠滴醒，和清淚、攪入椒漿。怕幽泉，
還為我神傷。道書生薄命宜將息。再休耽、怨粉愁香。」意謂我真
希望用我的熱淚和著酒漿把你滴醒，讓你活轉過來。可又怕您醒後，
倒為我傷神。猜想你一定會說：「你書生的命太薄，應當多加保重，
不要再耽於兒女情長了。」質言之，我完全可以把您喚醒，但喚醒
後怕你又為我勞心傷神。這是何等深摯的感情。《金縷曲‧亡婦忌日
有感》云：「重泉若有雙魚寄。好知他年來苦樂，與誰相倚。」對她

亡後在另一世界的生活是如此關切，令人感動。又說：「待結個、她生知己。還怕兩人俱薄命，再緣慳、剩月零風裏。」對結來生知己命緣的猜度，表現了她對亡妻的一片真情。《沁園春》「瞬息浮生」題序中寫道：「丁巳重陽前三日，夢亡婦素裝淡服，執手哽咽，語多不能復記。但臨別有云：『銜恨願為天上月，年年猶得向郎圓。』婦素未工詩，不知何以得此也？」明明是詞人自己的潛意識活動，意想妻子寫出了憶念自己的深情詩句，反倒奇怪妻子不善寫詩，何以寫出如此感人的詩來？這是他從對面著筆的另一種表現，傾瀉了內心深切憶念妻子的感情。因為他經常從對面著筆，表現的感情就特別真切。

三是他著意對幻境的描寫，在迷離恍惚中，似乎看到了妻的影像。這種似真似幻，似實似虛的縹緲境界中，似與妻子重聚：

　　　夢冷蘅蕪，卻望姍姍，是耶非耶？（《沁園春·代悼亡》）

　　　遺容在，只靈飆一轉，未許端詳。（《沁園春》「瞬息浮生」）

前者寫影影綽綽，看到妻子姍姍來遲的嬌娜神態；後者寫隨著一陣靈風，妻子的幻影在面前忽然一閃而過。如此等等，似真似幻，好像有緣與冥冥中的妻子有短暫的聚會。這種幻境的出現，是他日夜思念妻子而產生的一種幻覺。詞中對這種幻境的真切描寫，表現了詞人對妻子感情的深切，因思念亡婦他經常處於神志迷離恍惚的狀態。

四是他在詞中著意描繪淒清的環境，用以襯托其無奈、哀怨的心緒，使其詞境深婉而悲涼。

　　　衰楊葉盡絲難盡，冷雨淒風打畫橋。（《於中好》「塵滿疏簾素帶飄」）

　　　真無奈，倚聲聲鄰笛，譜出回腸。（《沁園春》「瞬息浮生」）

　　　卿自早醒儂自夢，更更，泣盡風檐夜雨鈴。（《南鄉子·為亡婦題照》）

這淒風冷雨、聲聲鄰笛、風檐夜雨鈴聲，將詞人傷亡妻已經破碎的心緒揉碎攪亂，全盤托出，令人不忍卒讀。

總之，詞人通過種種絕妙的表現手法，將其思念妻子的深厚感情，全盤托出。感情深切，令人感動。

（二）「悼」情含蓄的悼亡詞

題序中無「悼亡」「忌日」等字樣或無題序的悼亡詞，作者在敘事或抒情中，有意無意地透露出自己深切懷念妻子之情，或竟將其思念妻子之情完全滲透在字裏行間，含蓄而委婉，悼亡之情表現得隱隱約約，雖不那麼明顯昭著，但讀了以後，總感到詞人在憶念妻子。其深厚之情，一時難以釋懷。譬如《蝶戀花》：

> 辛苦最憐天上月，一昔如環，昔昔都成玦。若似月輪
> 終皎潔，不辭冰雪為卿熱。　　無那塵緣容易絕。燕子依
> 然，軟踏簾鈎說。唱罷秋墳愁未歇，春叢認去雙棲蝶。

詞人在《沁園春》「瞬息浮生」的序言中說：亡妻在夢中「臨別有云：『銜恨願為天上月，年年猶得向郎圓。』」本詞上闋即緣此而來。「若似月輪終皎潔，不辭冰雪為卿熱。」意思假如亡妻真如天上皎潔的月亮，那麼我便不怕月中嚴寒，為你夜夜送去溫暖。如此奇想，如此誠摯，如此癡情，如此意厚，足見他懷念亡妻之情切。

又如《山花子》：

> 鳳絮飄殘已化萍，泥蓮剛倩藕絲縈。珍重別拈香一瓣，
> 記前生。　　人到情多情轉薄，而今真個悔多情。又到斷
> 腸回首處，淚偷零。

此詞由景及情，由藕絲縈牽到夫妻纏綿，心頭不免湧起妻子生前的般般趣事與柔情，「記前生」，有著極豐富的內涵，其情深意厚自在不言中。「人到情多情轉薄，而今真個悔多情。」這是詩人欲尋解脫愁懷的淡語，並非真的為自己的多情而發悔。後兩句「又到斷腸回首處，淚偷零。」一個「偷」字，表現了無法掩抑的真情。

在這些悼亡詞中，還經常寫自己無法解脫的愁懷：

> 薄情轉是多情累，曲曲柔腸碎。紅箋向壁字模糊，憶
> 共燈前呵看為伊書。（《虞美人・秋夕信步》）

銀箋別夢當時句，密綰同心苣。爲伊判作夢中人，長向畫圖清夜喚眞眞。(《虞美人》「春情只到梨花薄」)

幾爲愁多翻自笑，那逢歡極卻含啼。(《山花子》「昨夜濃香分外宜」)

他在一些詞中，反覆訴說著妻子亡後物是人非的情境，亮出自己無限悲痛的愁懷：

丁寧休曝舊羅衣，憶素手爲予縫綻。……親持鈿合夢中來，信天上人間非幻。(《鵲橋仙·七夕》)

爲怕多情，不作憐花句。……休說生生花裏住，惜花人去花無主。(《蝶戀花》「蕭瑟蘭成香老去」)

他一再抒寫著自己無可排遣的愁緒：

一樣曉風殘月，而今觸緒添愁。(《清平樂》「淒淒切切」)

有情終古似無情，別語悔分明。(《荷葉杯》「知己一人誰是」)

如此等等，他在詞中都抒寫了因妻子亡故而無法解脫的痛苦，表現了他無法釋懷的思念與深情。

三、追問納蘭性德「悼」情深厚之因

納蘭性德爲什麼能寫出那麼多的眞摯而感人的悼亡詞呢？這是因爲他一生只有一個紅顏知己，而一旦妻子撒手人寰拋他而去，他就失去生活中唯一的精神支柱，因此就痛不欲生。他寫悼亡詞，借一慰藉，借一釋懷，尋求精神解脫的辦法。

從歷史看，納蘭氏與愛新覺羅氏曾有過血海深仇，性德對此世仇深感遺憾，然在大清王朝強大的統治下，其不滿情緒只能深深埋於心底，不敢有絲毫的流露，以免遭到滅頂之災。

他在現實中也充滿了矛盾：一方面做了皇帝的一等侍衛，受到重用；另一方面，他「有堂構志」，況且身爲豪門公子，登要津，躡高位，一展鴻圖，當是頗有條件的。然他又不願作「祿蠹」式的官僚，而侍衛生涯，又與他志向相去甚遠，形成深不可解的矛盾。他只能整

日如履薄冰，唯勤唯謹。從父子關係說，他性情至孝，奉父唯謹，但對父親在官場的作為深為不滿。如此等等，這歷史的與現實的景況，使他經常處於矛盾的深淵而難以自拔。在他身上，充滿了無可化解的種種矛盾，作為詩人，也不想找一個能夠完全化解矛盾的方法，他只幻想找一個事事和諧，沒有矛盾，沒有困難的避風港。妻子盧氏的溫柔多情，生活上般般關照，使家庭生活非常和諧，形成了一個「無差別境界」，他也非常迷戀這一境界。然好景不長，妻子突然因難產而死，這一天堂式的境界遭到了徹底的破壞。對這現實中最和諧唯一可慰藉心靈條件的喪失，對他的打擊是無比深重的。他想極力挽回這個局面，想讓妻子起死回生，再次團聚。因此，感情就特別專注，特別真誠。他將現實的愛和恨，一股惱兒地融進了悼亡詞中，諸如納蘭氏與愛新覺羅氏歷史上的糾葛、現實的處境與對家國的不滿情緒，滲透到對亡妻熱誠的感情中。覺得這大千世界、朗朗乾坤，只有亡妻才可信任：她是那麼淳真、那麼摯烈、那麼可愛。小家庭是那麼和諧，那麼溫馨，那麼完美。這一切的一切，都因妻子的亡故而不復存在。他將這理想中的完滿，全部傾注在悼亡詞中，無怪乎他的悼亡詞寫得那麼多，又是那麼淳真而情深了。

後　記

　　右三十八篇論文，是在對宋詞研究中，斷斷續續寫成的。其中《趙長卿及其詞作》、《史達祖的悼亡詞》、《史達祖詞中的對偶句簡說》，是我與女兒房向莉合寫的，《惠洪詞補輯二首——兼與何忠盛先生商榷》、《盧祖皋的小令詞》，是她獨自完成的。但在寫作過程中，曾徵求過我的意見，故一併收入。

　　這本小冊子，是與拙著《宋詞比較論》的寫作，同時起步又同時終止的，它們是道地的同胞孿生子。我在寫《宋詞比較論》時，碰到宋詞中值得重視的問題或個人感興趣的話題，也做了一些探索，寫成論文，遂有了這部著作。它既有對蘇軾、辛棄疾、秦觀、周邦彥等廣爲論者關注的大家的詞作研究，也有對陳師道、呂本中、趙長卿、程垓、盧祖皋這些幾乎被人遺忘了的詞人創作的論析。所論既有雖爲大家也有被人未曾耕耘的荒丘，也有經人反覆耕耘仍需耬耙的熟地；所寫絕大部分是論理的評析，也有少數考訂、補輯、鑑賞之類的文字；既有言之鑿鑿，不可移易之說，也有少數帶有主觀臆斷的成分。如此等等，它與《宋詞比較論》雖爲同胞孿生，然體態、相貌卻大不相同。後者是在充分比較中，重在彰顯詞人的藝術個性，它是著者的著意追求；前者則是著者在研究途程中偶然碰到的黃金白銀，是無意中爲之偶爾拾取的，故不免有幾分異外的驚喜。如此，所寫內容有些龐雜，

篇幅長短參差，所得或良莠不齊，在拾珠寶的同時，或有破銅爛鐵、磚頭瓦塊的混入。就書的整體風貌而言，它不是以衣冠整潔、精神抖擻的喜迎貴賓，而是衣著隨便或不修邊幅的與故交話舊。拙著是在這種頗為隨意的風貌中露面的。它雖體態邋遢，或有值得珍惜之處，至少著者是敝帚自珍的。

　　本書在寫作過程中，得到安旗教授、趙俊玠教授、黃大宏教授的切實幫助，得到閻愈新、薛瑞生、閻琦三位教授的鼓勵與支持，得到花木蘭文化出版社同仁的悉心審校，在此一併表示衷心的感謝！

房日晰　2014.10.8 於寓所窮白齋